CARL-CHRISTIAN ELZE
FREUDENBERG
ROMAN

Carl-Christian Elze, 1974 in Berlin geboren, wuchs in Leipzig auf. Sein Vater war Zootierarzt, sodass er einen großen Teil seiner Kindheit im Leipziger Zoo verbrachte. Später studierte er zwei Jahre Medizin, danach Biologie und Germanistik. Von 2004 bis 2009 war er Student am Deutschen Literaturinstitut Leipzig. Er veröffentlichte mehrere Gedicht- und Erzählbände, zuletzt »Oda und der ausgestopfte Vater« (Zoogeschichten; kreuzerbooks 2018) und »langsames ermatten im labyrinth« (Venediggedichte; Verlagshaus Berlin 2019). 2023 erscheint der Gedichtband »panik/paradies« im Verlagshaus Berlin. »Freudenberg« ist sein erster Roman.

Für seine Arbeit wurde er mehrfach ausgezeichnet, u. a. mit dem 1. Preis des Irseer Pegasus (2006), dem Lyrikpreis München (2010), dem Joachim-Ringelnatz-Nachwuchspreis (2014), dem Rainer-Malkowski-Stipendium (2014) und einem Stipendium im Deutschen Studienzentrum in Venedig (2016). Er ist Mitbegründer der Leipziger Lesereihe »niemerlang« und Monatsjuror bei »lyrix«, dem Bundeswettbewerb für junge Lyrik.

www.carl-christian-elze.de

CARL-CHRISTIAN
ELZE

FREU DEN BERG

ROMAN

edition
AZUR

Wer von uns kennt seinen Bruder? Wer von uns hat
seinem Vater ins Herz geblickt? Wer von uns blieb nicht
auf ewig gefangen? Wer von uns bleibt nicht für immer
ein Fremder und allein?

1

Durch die Lüftungsschlitze roch Freudenberg das Meer. Gerd drehte sein breites Gesicht nach hinten, um rückwärts einzuparken. Freudenberg wich seinem Blick aus und schaute aus dem Seitenfenster. Neben der Bordsteinkante lag ein zerquetschter Igel. Der Bordstein schien fast einen Meter hoch zu sein. Es sah so aus, als wäre das Tier von einer Klippe gestürzt und nicht überfahren worden. Freudenberg vertiefte sich in den Anblick. Der Körper war eine einzige graue Masse, nur die kleine Zunge, die aus dem spitzen Kopf herausragte, war noch rot. Freudenberg musste an seine eigene Zunge denken, daran, dass sie ihm lästig war, schon immer. Schon als Kind hatte er instinktiv begriffen: ohne Zunge keine Sprache und ohne Sprache keine falschen Sätze und ohne falsche Sätze keine falschen Gedanken und Gefühle.

Der Motor verstummte und Freudenberg blickte nach vorn. Der Nacken seiner Mutter glänzte ihm weiß und verschwitzt entgegen. Er fühlte, dass seine Hände zu zittern begonnen hatten. Sie waren endgültig angekommen, in Międzyzdroje, Hotel Orion, ulica Kopernika 5.

Seit der Grenze hatte er den Namen des polnischen Ortes ununterbrochen im Mund bewegt und leise geübt – *Miezentreue,* damit hatte es angefangen, um sich den Namen überhaupt merken zu können, dann *Międ-zys-droje* und schließlich immer weniger zerdehnt: *Międzys-droje, Międzysdroje* – jetzt konnte er ihn beliebig oft und fehlerfrei vor sich hin flüstern wie ein Zauberwort.

Gerd öffnete die Wagentür und stieg als Erster aus. Freudenberg war froh, diesen fremdartigen Menschen nicht länger Vater nennen zu müssen. Seit seinem 17. Geburtstag im April hatte Gerd ihm erlaubt, ihn beim Vornamen zu rufen – das schönste Geburtstagsgeschenk überhaupt, dachte Freudenberg noch immer.

Als er die Augen schloss, spürte er seine Erschöpfung – als würde ihn etwas Schweres, etwas, das außerhalb von ihm hing, nach unten ziehen. Die ganze Fahrt über, mindestens vier Stunden lang, hatte er der gut gelaunten Gerd-Stimme zuhören und auch antworten müssen, während die Landschaft vollkommen flach und langweilig an ihm vorbeigezogen war. Nur manchmal hatte es ein wenig Ablenkung gegeben, Windräderhaufen zum Beispiel. Ein Zeitungsbericht über Fuchsfamilien war ihm wieder eingefallen, den er einmal in einer Zeitschrift beim Zahnarzt gelesen hatte: Immer mehr Fuchsfamilien saßen inzwischen nicht mehr im Wald, sondern unter den sich drehenden Klingen der Windräder und warteten darauf, dass ihnen die Krähen, wenn auch nicht gebraten, so doch sauber geköpft, vor die Füße fielen, praktisch ins Maul rein. Vergeblich hatte er nach roten Fellen Ausschau gehalten und sich gewünscht, ein Fuchs zu sein, einer Fuchsfamilie anzugehören.

Seine Mutter musste niesen, Freudenberg riss die Augen auf und sagte »Gesundheit«. Sie sahen beide vom Auto aus zu, wie Gerd die Gartentür öffnete und sich der gelben Fassade des *Orion* näherte. Dann verschwand er im Hotel, um auch dort die

Dinge zu regeln. Gerd regelte die Dinge am liebsten allein und für alle. Als Freudenberg kurz vorm Hauptschulabschluss noch immer nicht hatte sagen können, wie es weitergehen sollte mit ihm und seinem Leben, war es Gerd endgültig zu bunt geworden. Wieder hatte sich Freudenberg ausweichend und zeitschindend verhalten, genauso ausweichend und zeitschindend wie immer, »seit seiner Geburt«, hatte Gerd plötzlich geschrien. Aber jetzt war Schluss damit! Alle Geduld war aufgebraucht! Es gab keinerlei Aufschub mehr – wer den Mund nicht aufmachte, hatte keinen Aufschub verdient: nicht eine Minute, nicht eine Sekunde! Schließlich hatte Gerd alle Dinge von einem Tag auf den anderen selbst geregelt. Metallverarbeitung war dabei herausgekommen. Freudenberg war so erstaunt gewesen, dass er nichts zu antworten gewusst hatte, obwohl er eigentlich hätte wissen müssen, dass für Gerd kein Leerlauf, schon gar nicht im Lebenslauf, in Frage kam, und dass, wenn er selbst nichts sagte, Metallverarbeitung herauskommen würde, immer Metallverarbeitung herauskommen musste. Als Gerd damit herausgerückt war, hatte Freudenbergs Halsmuskulatur ihre Spannung verloren, was seinem Kopf den Anschein eines Nickens gegeben hatte. Dann sei ja alles geritzt, hatte Gerd gemeint und Freudenberg auf die Schulter geklopft, so kräftig, wie er konnte. Später beim Abendbrot hatte er es auch der Mutter verkündet, dass der Junge Metaller werde, und gerufen: »Aber vorher machen wir Urlaub, wie wär's mit Ostsee?« Die Mutter hatte Freudenberg, der bewegungslos vor seinem Schnittenhaufen saß, eine Weile stumm angeschaut, dann aber laut Ja gesagt und genickt, so heftig genickt, als ob sie auch für Freudenberg mitnicken würde, und Gerd war zufrieden gewesen, nahezu glücklich.

Freudenberg ließ die Scheibe zur Gehwegseite herunter und Möwengeschrei schwappte herein. Er blickte schräg nach oben in eine Wolke aus Blättern und Ästen in Camouflage-Optik. Noch nie hatte Freudenberg Platanen gesehen, die so stark beschnitten waren, dass ihre Blätter wie aus Amputationsstümpfen heraushingen – als würden die Hände an den Ellenbogen nachwachsen. Freudenberg rieb sich die Augen, ihm war heiß und er war müde. Gerd hatte darauf bestanden, schon um sechs Uhr morgens loszufahren, um jeden Stau zu vermeiden. Freudenberg musste gähnen. Die Mutter drehte sich zu ihm um und fragte mit halbstündiger Verspätung, ob er die alten Frauen am Waldrand gesehen habe, die mit den vielen Körben. Freudenberg nickte mechanisch. Er hatte nur alte Männer ohne Körbe gesehen, sie hatten im Schatten gesessen und geraucht, vielleicht auch gelacht, zumindest hatten ihre Mundwinkel im Vorbeifahren so ausgesehen. »Die atmen doch den ganzen Tag Abgase ein«, sagte die Mutter, ohne eine Antwort zu erwarten. In diesem Punkt war sie anders als Gerd, mit der Mutter ließ es sich aushalten.

Gerd kam mit einem dicken Mann zum Auto zurück, der ununterbrochen grinste. Freudenberg und die Mutter stiegen aus und Gerd stellte ihnen Herrn Dobek vor, der sich verbeugte und der Mutter einen Handkuss gab. Freudenberg konnte sehen, dass es nicht bei einem Luftkuss blieb, sondern dass Dobeks Lippen sekundenlang breit und feucht auf dem Handrücken der Mutter lagen wie zwei Regenwürmer. Dann gab Dobek auch ihm die Hand, sie war schwer und behaart.

»Scheen, dass Sie da sind. Ist ganz scheenes Wetter hier«, sagte Dobek und ging lachend zur Einfahrt hinüber. Man konnte sehen, dass er einen schweren Hüftschaden hatte und beträchtlich schwankte. Bei jedem Schritt geriet sein massives Stammfett mit in Schwingung, sodass Freudenberg befürchtete, er könnte jeden Moment umfallen. Dobek nestelte an einem Vorhängeschloss herum und öffnete die Toreinfahrt zu den

Stellplätzen. Freudenberg sah eine kleine Videokamera, die in etwa zwei Meter Höhe an der frisch verputzten Hauswand befestigt war. Auf eine Videokamera hatte Gerd besonderen Wert gelegt, erinnerte sich Freudenberg, denn bei jeder Übernachtungsanfrage hatte er als Erstes wissen wollen, ob es auch bewachte Parkplätze gebe. Letzten Endes hatte er sich für Dobek entschieden, der ihm mehrmals geschworen hatte, dass er die sichersten Parkplätze von ganz Międzyzdroje habe.

Gerd stieg wieder ins Auto ein und ließ den Motor an, während Dobek mit den Armen zu rudern begann und dabei verschiedene Zeichen gab, um Gerd beim Einparken zu helfen. Als Gerd mit dem Wagen durch die Toreinfahrt rollte, war er sofort gefangen. Der Parkschlauch war kaum breiter als der Wagen selbst, links stand unverrückbar die gelbe Hauswand und rechts ein grüner Maschendrahtzaun. Gerd öffnete die vorderen Fenster und klappte hastig die Außenspiegel ein, während Dobek rief: »Bis Ende durch, kommen noch andere deitsche Autos, aber vorsichtig!«

Freudenberg sah, wie Gerd davor zurückscheute und nicht noch tiefer in die Falle gehen wollte, es aber trotzdem tat. Der Mutter wegen. Damit sie sich nicht zu schämen brauchte. Immer müsse sie sich schämen, hatte Freudenberg ihn schon oft zur Mutter sagen hören, und das alles nur, weil sie keinen ausreichenden Willen besäße, auch keinen ausreichenden Willen, Freudenberg zu erziehen.

Obwohl man ihm ansah, dass er schon jetzt die größte Lust hatte, mit Dobek über diese völlig unzureichenden, geradezu beschissenen Stellplätze zu diskutieren, rollte Gerd zwanzig Meter tief in die Parkfalle hinein. Er wollte aussteigen, aber die wenigen Zentimeter zwischen Fahrertür und Hauswand reichten nicht aus. Er versuchte es über die Beifahrertür. Sein Rücken bog sich kräftig durch. Auch der Zaun wurde an der Stelle, wo Gerd sich herausstemmte, durchgebogen. Dobek lächelte anerkennend und rief noch einmal beruhigend: »Alles Video, kann nichts passieren!«

Gerd kroch mit verwüstetem Blick aus dem Auto und kämpfte sich zur Kofferraumklappe vor. Ohne ein Wort zerrte er das Gepäck heraus und starrte wütend auf den Schotterweg. Die Mutter reichte ihm ein Zellstofftaschentuch für die nasse Stirn, aber er wollte es nicht und schüttelte trotzig den Kopf. Schließlich riss er sich zusammen und drückte auf die Fernbedienung am Schlüssel. Das Auto verriegelte sich mit einem Klickklick.

Dobek war schon ins *Orion* vorausgeschwankt. Als sie eintraten, saß er in einem verglasten Rezeptionskasten und lächelte gutmütig durch eine Scheibe mit Sprechloch. Freudenberg blieb stehen und schaute sich im Foyer um. An den Wänden hingen Stillleben, ausschließlich Früchte, gemalt mit dicken, frohen Farben. Er sah die Halogenstrahler in der abgehängten Decke, die auf die Bilder gerichtet waren, um sie am Abend anzustrahlen. Im Moment schien nur die Mittagssonne herein, auf den gefliesten Boden, der kalt und weiß aufblendete. Als wäre man in einem Schlachthof gelandet, dachte Freudenberg. Er ließ sich in eine Sitzecke fallen und rote Kissen klappten und schwappten auf seine Schenkel wie Fleischstücke. Gleich neben dem Eingang standen verchromte Untertöpfe, aus denen lange, schlauchartige Gewächse wucherten, die ihn an Darmschlingen erinnerten. Freudenberg wandte seinen Blick ab und schaute wieder zur Rezeption, wo Gerd die Zimmerschlüssel von Dobek entgegennahm. Dobeks Hände wirkten im Vergleich zu seinem riesigen Körper viel zu klein, wie Puppenhände, dachte Freudenberg. Gerd drehte sich zu ihm um und gab ihm ein knappes Zeichen. Freudenberg stand auf und griff nach dem Mutterkoffer. Er hatte ihn schon vom Auto zur Rezeption getragen, an der gelb verputzten Hauswand und den Beeten mit dickblättrigen Pflanzen vorbei, sodass es ihm jetzt nur folgerichtig vorkam, ihn auch bis zum bitteren Ende zu tragen, bis in die Zimmerhölle hinein. Gerd ging voraus in Richtung Treppe und Freudenberg folgte ihm. Er trug den Mutterkoffer und seine Reisetasche bis in den zweiten Stock hinauf.

Die Treppe und die Gänge waren mit weichem, rötlich-grauem Teppichboden ausgelegt. Es lief sich wie auf... Freudenberg fiel wieder nur Fleisch ein, Gehacktes: Es gab dieses Durcheinander aus Blut- und Fetttönen in der Faser. Und es roch seltsam in diesem *Orion*, nicht nach Fleisch, sondern nach chemischen Stoffen, ungezügelten Reinigungskräften. Als ob man in diesem Hotel eine Menge zu reinigen hätte. Gleichzeitig bemerkte Freudenberg eine ungewöhnlich hohe Zahl von Fluchtwegeschildern überall an den Wänden. Aber vielleicht kam ihm die Zahl auch nur so hoch vor, weil er so oft hinschauen musste und immer dieselben Schilder sah, auch das war möglich, dachte er. Der polnische Strichmann unterschied sich kaum von dem deutschen, den er noch aus der Schule kannte – ein weißer Strichmann, der auf einem grünen Hintergrund einer weißen Türfläche entgegenrannte –, aber die Situation hier im Treppenhaus schien gefährlicher zu sein. Wie alle Strichmänner rannte auch der polnische die Wände entlang voller Hoffnung, dass hinter der weißen Tür nicht ein noch größeres Grauen auf ihn wartete, als das, vor dem er gerade davonlief. Doch hier war die Angst spürbarer, bildete sich Freudenberg ein, war das Grauen, das die Verfolgung aufgenommen hatte, greifbarer – obwohl es wie immer unsichtbar blieb.

Gerd war stehen geblieben und schloss die Zimmertür auf, dann betraten sie zu dritt den Raum. Die Mutter löste sich von ihnen und stieß als Erstes ins Bad vor, um dort alles lautlos zu inspizieren. Als sie wieder auftauchte, sah sie erleichtert aus. Anscheinend war alles gerade noch sauber genug gewesen. Freudenberg fühlte sich abgestoßen von ihrem zufriedenen Gesicht und stellte den Koffer neben das rostfarbene Sofa am Fenster. Durch die Gardinen kroch weiches Licht. Das Zimmer gefiel auch Gerd, er spazierte umher und pfiff durch die Zähne. Nach einer Weile blieb er vor Freudenberg stehen, boxte ihm leicht auf die Brust und meinte: »Jetzt besuchen wir dich!« Freudenberg nickte, aber die Mutter schüttelte den Kopf und sagte, sie packe lieber erst aus und komme nach.

Freudenberg machte sofort kehrt und trat zurück in den Flur. Dann lief er zu seinem Zimmer. Der Teppichboden war unverändert Fleischmasse, nur schien sie ihm jetzt noch tiefer, noch massiger zu sein, er kam kaum vorwärts. Als er sich umdrehte, sah er Gerd, der ihm mühelos folgte.

Im Zimmer angekommen, pfiff Gerd erneut durch die Zähne und tigerte umher. Er klopfte auf einen kleinen Fernseher, der an einem Metallgestell an der Wand befestigt war. »Immerhin«, meinte er, »vielleicht gibt es ja einen deutschen Sender.« Freudenberg zuckte mit den Schultern und sah über dem Bett ein Stillleben hängen. Diesmal waren es Blumen mit roten, igelartigen Blütenköpfen, Dahlien. Freudenberg trat näher heran und sah jetzt deutlich den Schriftzug Marianna D. – D. wie Dobek – und rührte sich nicht. Er musste nicht wie seine Mutter zuerst ins Bad stürzen, um zu entscheiden, ob er sich wohlfühlen konnte, er blieb einfach in der Mitte des Raumes stehen und wusste es sofort.

Freudenberg ging langsam zum Fenster, das zur Straße zeigte und zog die Gardinen zurück. Draußen schaukelten die Platanenblätter im Wind, der von der Ostsee herüberstrich, und in großer Höhe wurden Eiswolkenfetzen über den Himmel geschleift. Schließlich trat er auf einen lang gezogenen Balkon, der über die gesamte Straßenseite des *Orion* aufgespannt war und in den alle Zimmer einmündeten. Er lief ein paar Schritte und sah plötzlich seine Mutter durch die Scheibe. Er konnte nicht genau erkennen, was für ein Gesicht sie gerade machte, wahrscheinlich war es noch immer ein vom Toilettenanblick seliges. Freudenberg tat so, als ob er sie nicht gesehen hätte und lief zügig vorbei.

Liegestühle, Tische und Sonnenschirme aus schmutzigem, weißem Plastik standen herum. Vor jeder Balkontür waren sie angehäuft wie halb verrottete Walknochen. Freudenberg blieb stehen und schaute über das Geländer auf die Straße. Auf einmal stand Gerd hinter ihm und sog lautstark und genießerisch Meerluft in sich hinein. »Na los, atme auch mal richtig ein, herrlich ist das hier«, hörte er ihn sagen. Freudenberg tat ihm den Gefallen und atmete tief ein. Es war wirklich so: Herrlich fühlte es sich an in den Lungenflügeln, fast besser als Zigarettenrauch. Es tat gut, einfach nur hier zu stehen und zu atmen.

Gegenüber standen zwei Holzhäuser, die von der Witterung schon ganz dunkel verfärbt waren und auf deren Dächern Moos lag. Freudenberg musste lächeln, weil sie genauso aussahen, wie er sich als Kind die Hexenhäuser in russischen Volksmärchen vorgestellt hatte: Häuser, die aus ganzen Baumstämmen gebaut waren und auf Hühnerfüßen standen und vor deren Türen sich die Helden, die immergleichen Iwans, versammelten, um die Hexe Baba Jaga zu besiegen. Alles stimmte, sagte sich Freudenberg, bis auf die Hühnerfüße und die fehlenden Helden.

Freudenberg drehte sich um. Er wollte allein sein und rauchen. Auch Gerd hatte früher geraucht, sich dann aber für die Gesundheit entschieden, war zum Nichtraucher geworden.

zum militanten. Was sollte er machen, fragte sich Freudenberg, Gerd stand wie angewurzelt da, schaute an ihm vorbei in die Ferne und schien glücklich zu sein. Auch glücklich mit ihm, dachte Freudenberg, was seltsam war und auch ein bisschen unangenehm. Soweit er sein Leben überblicken konnte, soweit seine Erinnerung überhaupt reichte, waren sie beide nie voneinander getrennt gewesen. Gerd war stets in seiner Nähe gewesen, war immer in der Metallverarbeitung gewesen, hatte immer nach Feierabend Zeit für ihn gehabt, den einzigen Sohn. Es war ein lückenloses Zusammenleben gewesen zwischen Gerd, der Mutter und ihm. Gerd war kein schlechter Vater, ganz und gar nicht, er hatte sich bemüht, siebzehn Jahre lang. Irgendetwas aber hatte von Anfang an nicht gepasst, von Anfang an nicht gestimmt.

Freudenberg wurde unruhig. Er wusste sich nicht anders zu helfen, als Gerd zu fragen, ob er ihm Geld geben könne: Er habe schon Hunger und wolle sich was zu essen kaufen, die Beine vertreten. Gerd lächelte und öffnete seine Brieftasche. Er zog zwei Hundert-Złoty-Scheine heraus. Freudenberg bedankte sich und Gerd klatschte ihm väterlich zwischen die Schulterblätter.

Als sie zur Mutter zurückkamen, war sie gerade dabei, die letzten Kleidungsstücke in den Schränken zu verstauen. Gerd meinte, der Junge wolle gleich los, um schon was zu essen, man könne sich ja wieder hier treffen, in genau einer Stunde. Die Mutter war einverstanden und sagte, Freudenberg solle aber vorsichtig sein, noch nicht allein ins Wasser gehen, sie gingen später alle zusammen. Freudenberg nickte. Dann lief er los. Er wollte endlich allein sein und rauchen, endlich tausend polnische Zigaretten rauchen und wie ein Schlot am Meer langziehen.

2

Freudenberg reichte Dobek den Zimmerschlüssel in den
Rezeptionskasten und trat ins Freie. Er wandte sich unter den
gestutzten Platanen nach links, lief die ulica Kopernika bis zum
Ende und bog dann nach rechts in eine breitere Straße ein, die
ulica Bohaterów Warszawy hieß. Sofort wurde er von einer halb-
nackten, lärmenden Menschenmasse erfasst, die ihn wie eine
Welle mitriss und nur eine Richtung zu kennen schien. Inmitten
der Welle wurde gelacht, gegrölt und krakeelt in einer Sprache,
die Freudenberg nicht verstand, was ihm recht war. Sein Blick
schwenkte hin und her, grell restaurierte Kurhäuser schabten
an seiner Netzhaut vorbei, ein in die Länge gezogener Rummel
drang von links mit Bumsmusik und Sirenengeheul in seine
Gehörgänge ein, doch nichts davon war unangenehm, im Gegenteil, alles um ihn herum begann zu gleiten. Oder er selbst
hatte angefangen zu gleiten, auch das war möglich. Freudenberg
schaute an sich herab und sah seine Hände im Kreuzgang locker
und gleichmäßig neben seinen Beinen pendeln, alle Muskeln
und Knochen arbeiteten lautlos und präzise. Noch nie waren seine Gelenke besser geglitten als jetzt. Er konnte stolz auf seinen
Körper sein, dachte Freudenberg plötzlich, es war ein Glücksfall,
eindeutig ein Glücksfall, einen gleitenden Körper zu besitzen.

Freudenberg trieb weiter, bis sich die Strömung an einem größeren Platz verlangsamte und ihm die ersten Leute in die Hacken traten. Es war Mittagszeit. Niemand nahm Freudenberg wahr, niemand richtete ein Wort an ihn. Die Menschenmasse schien nur noch Augen, Ohren und Nasen für all die Köstlichkeiten zu haben, die in den vielen Buden vor sich hinbrutzelten. Sie verhielt sich so, als ob sie einem Schlachtruf zum Essen folgen würde. Auch Freudenberg konnte auf einmal nicht mehr stillhalten. Jetzt sofort müsse er anfangen zu essen, sagte er sich, jetzt sofort! Noch nie in seinem Leben hatte etwas so gut gerochen wie dieser Platz.

Freudenberg bezahlte sechs Złoty für eine Waffel mit Heidelbeeren und einem dicken Dach Schlagsahne, das an den Rändern abzustürzen drohte. Er leckte die Ränder mit der Zunge ab und verschlang die Waffel mit wenigen großen Bissen. Es schmeckte großartig. Als er wieder aufblickte, merkte er, dass er den Leuten im Weg stand. Er kämpfte sich durch das Gedränge, fand eine Bank, auf der noch ein einzelner Platz frei war, und setzte sich.

Neben ihm saßen kauende Polen. Ein kleines Mädchen hockte auf dem Schoß der Mutter und kleckerte ihr das spiralig aufgetürmte Eis auf den Rock, daneben ein Junge, etwas jünger als Freudenberg, dem Gesicht nach zweifellos der Bruder. Beide Kinder sahen aus wie rundbackige, kleine Bären. Freudenberg fühlte das angeschwitzte Fleisch des Jungen wie eine feuchte Wand an seinem Bein, blieb aber dennoch sitzen. Er versuchte, die Übersicht zu gewinnen. Um ihn herum wimmelte es von essenden Körpern. Einzig in der Mitte des Platzes, auf einem gepflegten und niedrig umzäunten Stück Rasen, war niemand. Nur eine kleine Sprenkleranlage, gerade außer Betrieb, stand da wie ein Denkmal. Am liebsten würden all diese Menschen in die Idylle einbrechen, dachte Freudenberg, aber so obrigkeitshörig und verstädtert, wie sie waren, traten sie sich lieber ununterbrochen auf die Füße und beschimpften sich gegenseitig, als verbotenerweise Gras umzuknicken.

Freudenberg schloss die Augen. Er spürte, dass er noch immer Hunger hatte, gleichzeitig fiel ihm auf, dass er das Meer nicht mehr riechen konnte, obwohl er sich sicher war, es gerade noch gerochen zu haben – noch kurz bevor er die Waffel verschlungen hatte –, was seltsam war. Er musste an eine Tiersendung denken, die er einmal vor Jahren nach der Schule gesehen hatte und in der berichtet worden war, wie es einem Wolf erging, der fette Beute gemacht hatte. Ein Wolf, der sich satt gefressen hatte, konnte eine Weile nicht mehr gut riechen, manchmal eine Woche lang nicht, das Fett verstopfte ihm die Nase oder stumpfte sie ab. Das Wild im Wald war dann sicher vor ihm. Aber auch der Wolf war dann sicher: sicher vor sich selbst – sicher vor seiner eigenen Gier, über den Hunger hinaus immer weiter zu raffen. Freudenberg öffnete die Augen. Er stand von der Bank auf und sprang zurück in die Menschenmenge, schwamm ein Stück mit, aber paddelte schon bald wieder heraus, um ein mit Pilzen und Käse überbackenes Baguette zu kaufen, Zapiekanka. Er biss gierig hinein und aß es schnell auf. Danach lief er zu einer anderen Bude, kaufte eine rote Knackwurst vom Grill und eine große Tüte Pommes Frites, und als könnte er nicht mehr aufhören zu schlingen, noch ein Lody und eine zweite Gofry, diesmal mit frischen Erdbeeren und Vanillesoße.

Freudenberg stutzte und ließ die erst halb aufgegessene Waffel fallen. Als hätte sich sein übersättigter Körper plötzlich entschieden zu streiken. Aber so war es nicht. Freudenberg beugte sich nach vorn und tupfte sich den Mund mit einer dünnen, fast durchsichtigen Serviette ab. Es war kein Blut zu sehen, nichts, nur ein paar Krümel, aber alles im Mund schmeckte metallisch: nach Eisen. Als ob er sich ein Stück Zunge abgebissen hätte ohne Schmerz zu empfinden. Freudenberg schluckte mehrmals mit viel Spucke ab. Es half nicht. Er ging zur Seite und versuchte sich im Gebüsch neben einem Kinderspielplatz zu übergeben, ohne Erfolg. Sich selbst den Finger in den Hals zu stecken, kam nicht in Frage, das war ihm schon immer übergriffig vorgekommen, auch wenn es der eigene Finger war. Schließlich lief er zu einem Kiosk und kaufte sich eine Packung Zigaretten, um diesen höllischen Geschmack loszuwerden, diesen Geschmack von Schrottplatz oder Gemetzel, je nachdem.

Als Freudenberg inhalierte, wurde es besser und er beruhigte sich. Vielleicht hatte es auch sein Gutes gehabt, dachte er: Wäre ihm nicht dieser Metallgeschmack in den Mund gefahren, hätte er nie wieder aufhören können zu schlingen; für den Rest seines Lebens hätte er schnappend und schluckend um dieses Rasenstück rennen müssen, immer wieder Waffeln und Fleisch und Zapiekanka verdauend ohne Aussicht auf Erlösung.

Freudenberg zog heftiger an seiner Zigarette und lief in Richtung Seebrücke, die direkt am Platz begann. Der Anfangsteil bestand aus zwei Türmen und einer kleinen Halle, in der es einige Cafés, Restaurants und Geschäfte gab. Als Freudenberg durch die hintere Tür der Halle trat, sah er endlich das Meer. Die Seebrücke reichte hunderte Meter weit in die Ostsee hinein und machte mittendrin einen Knick. Zum Glück waren nicht viele Menschen unterwegs, die meisten aßen noch immer, man kam gut voran. Freudenberg zählte seine Schritte, das Klacken auf dem Beton, 372.

Das Ende der Brücke war eine größere Plattform, an der auch Schiffe anlegen konnten. Freudenberg schnippte seine aufgerauchte Zigarette übers Geländer. Gleich darauf landete eine Möwe auf den Wellen und fraß sie auf. Die Möwe blieb schaukelnd auf der Wasseroberfläche sitzen und schaute erwartungsvoll nach oben. Freudenberg beugte sich über das Geländer, an dem ein einzelner orangefarbener Rettungsring mit einer langen Wurfleine befestigt war, und zündete sich eine neue Zigarette an. Wie ein Haustier blickte ihn die Möwe an. Er nickte ihr zu und es kam ihm so vor, als nickte sie zurück. Als er sich wieder aufrichtete und den Kopf drehte, sah er die Küstenlinie grüngelb und steil in der Ferne aufragen. Man sah deutlich die Wellen, die sich langsam, aber keinen Moment zögernd, auf die Küste zubewegten, um sich dort sanft das Genick zu brechen, wie in Zeitlupe.

Freudenberg fühlte sich wohl, die Sonne strahlte ihm warm auf Kopf und Nacken, und er blickte nach vorn, aufs offene Meer hinaus. Er suchte den Horizont nach einem Schiff ab, aber es war kein Schiff zu sehen, kein einziges. Immer sehnten sich die Menschen nach dem Meer, dachte er, weil sie selbst noch immer Meerwasser in sich trugen, in jeder einzelnen Zelle, doch wenn es soweit war, wenn sie endlich am Meer standen, vor dieser Ursuppe, dann war ihnen dieser Anblick auf einmal zu viel. Plötzlich kamen sie sich darin ersäuft vor wie Katzenjunge. Freudenberg wendete sich ruckartig ab und blickte nach unten auf den Betonboden der Brücke. Das war zweifellos konkret, aber auch keine Herausforderung. Er hob wieder den Kopf und schnippte den Filter ins Wasser, sah ihn unter sich schaukeln. Diesmal war keine Möwe zur Stelle, die sich darüber hermachte. Wahrscheinlich hatte es sich schnell herumgesprochen, dass seine Geschenke nicht ohne Nebenwirkungen blieben. Freudenberg musste lächeln bei dem Gedanken, obwohl ihm der Gedanke im Grunde unheimlich war. Schließlich kam er wieder in Gang und lief zurück.

Gerade als er auf den Platz treten wollte, hörte er Motoren-geräusche und blieb stehen. Neben der Ausgangstür der Halle stand ein Fahrsimulator, den er beim Reingehen nicht bemerkt hatte. Der Simulator war spottbillig. Freudenberg quetschte sich hinein und steckte mehrere Münzen in den Schlitz. Er fuhr verschiedene Rennstrecken mit einem Ferrari F40 mit Schalt-getriebe. Er hätte es einfacher haben können mit einer Auto-matikeinstellung und einer automatischen Bremshilfe, aber er wollte selbst schalten und selbst bremsen. Fast ununter-brochen war er in Unfälle verwickelt und wurde dennoch von den vollbesetzten Tribünen fast hysterisch bejubelt. Vielleicht wurde er auch deshalb so bejubelt, schoss es ihm durch den Kopf, weil er so spektakulär starb und gleich darauf wieder auf-erstand? Er war wie ein Jesus im Ferrari. Ein Ferrari-Jesus, der sogar noch schneller und öfter auferstand als der echte. Alles war so einfach in dieser kleinen Simulatorwelt. Es gab genü-gend Leben. Ein neues Rennfahrerleben als Jesus kostete nur einen einzigen Złoty.

Im Automaten eingekeilt, bemerkte Freudenberg die bitten-den Augen eines Jungen, der ihn von der Seite anstarrte. Er war viel jünger, vielleicht zehn Jahre alt. Freudenberg konnte sich nicht mehr konzentrieren und kletterte aus dem Plastiksitz. Er wollte nicht länger im Weg stehen, wenn es darum ging, auch einmal Siege einzufahren. Das Material, der Ferrari, war mit Si-cherheit siegfähig, nur er selbst war es nicht gewesen. Der Junge lächelte übers ganze Gesicht, als er sah, dass Freudenberg ihm eine Fahrt übrig gelassen hatte. Freudenberg spürte, dass er sich mitfreute. Als ob sie miteinander verbunden wären, dachte er auf einmal; als ob in Wirklichkeit alles miteinander verbun-den wäre, jeder Plastiksitz und jeder Rücken, jeder Schalter und jede Hand, jedes Ding und jedes Geschöpf.

Als Freudenberg zurück auf den Platz trat, schaute er auf seine Uhr, um zu sehen, ob er schon zurück zum *Orion* musste. Er hatte noch Zeit. Er umrundete das Rasenstück zur Hälfte, fädelte sich in die ulica Bohaterów Warszawy ein und schwamm wieder wie ein einzelnes Blutkörperchen in der Hauptschlagader von Międzyzdroje mit. Rechts tauchte der Eingang zu einem Wachsfigurenkabinett auf, eine billige Betonkulisse, deren Portal einem griechischen Tempel nachempfunden war, links reihten sich Zelte, Buden und Container aneinander, die bis zum Bersten gefüllt waren mit Strandmode, Strandspielzeug und Muscheln: muschelverklebten Tassen, Tellern und Leuchttürmen. Er selbst bräuchte nur einen Tag in der Sonne liegen, dachte Freudenberg, und schon würde er auch einen Leuchtturm kaufen oder ein Handtuch mit Seepferdchen.

Er ging weiter und kam zu einem weißen, hochgewürfelten Hotelkomplex mit abstehenden Balkonen, die ihn an Hasenställe erinnerten. Über dem Eingang las er den Schriftzug *Amber Baltic*. Vorrangig schwarze, deutsche Mittelklassefahrzeuge standen vor dem Hotel aufgereiht und glänzten in der Sonne wie Mistkäfer. Freudenberg ging weiter geradeaus, obwohl sich Möglichkeiten der Abschweifung nach rechts, tiefer in den Ort hinein oder nach links in eine kleine Parkanlage anboten, aber er wollte kurvenlos weitergleiten.

Hinter dem *Amber Baltic* wurde es deutlich ruhiger. Rechts standen noch vereinzelt alte Kurhäuser herum, aber links neben den Sandwegen, die zum Strand führten, starben die Gofry- und Lody-Buden langsam aus. Freudenberg sah einen Moment lang keine Menschen mehr. Am liebsten hätte er die Gangart gewechselt und wäre im Passgang weitergelaufen wie ein Bär, was er gern tat, wenn er allein war. Im Passgang zu laufen war die einfachste Art, kurz zu vergessen, dass man ein

Mensch war. Hier traute er sich nicht, er kam sich noch immer beobachtet vor.

Auf der rechten Seite erhoben sich Neubauten, die viel zu hoch schienen für das kleine Międzyzdroje. Ihre Fassaden waren grau und fleckig geworden. Alles an ihnen wirkte infektiös. Freudenberg ging die Treppe zu einem der schmutzigen Eingänge hinauf und sah, dass auf dem riesigen Klingelbrett mindestens fünfzig Namen standen. Der Name Arkadiusz Węgłowski fiel ihm ins Auge und Freudenberg starrte eine Weile darauf, bevor er mit dem Finger einmal vorsichtig über das Klingelschild strich. Er kam sich selbst vor wie ein Węgłowski. Wie einer, der auf dem Weg ist, oder ihn gerade verloren hat.

Über die Promenada Gwiazd, wie die verlängerte ulica Bohaterów Warszawy hieß, gelangte Freudenberg ans Ortsende. Rechts führte eine ulica Campingowa wahrscheinlich zu einem Campingplatz und geradeaus endete eine löchrige Straße direkt auf dem Hafengelände, wo Wellblechdächer in der Ferne aufblitzten. Ein dritter Weg, ein Wanderweg, führte gleich neben der Hafenstraße auf die bewaldete Steilküste hoch, die zum Woliński Park Narodowy gehörte. Freudenberg las die Verhaltensregeln für den Nationalpark auf einem Holzschild, das neben einem Mülleimer in die Erde gerammt war. Er hatte keinen Hund bei sich, den er zu leinen hatte, allerdings Zigaretten, die er nicht zünden durfte. Freudenberg steckte sich eine Zigarette an und nahm den vierten Weg über die Düne. Es war nahezu still.

3

Freudenberg zog seine Schuhe aus und betrat den Strand.
Sofort sanken seine Füße ein Stück ein und er fühlte sich halt-
loser, aber auch leichter, fast schwebend, als wäre er auf einem
fremden Planeten gelandet, auf dem es weniger Schwerkraft
gab, dafür mehr Strahlung und Ruhe. Er holte mehrmals tief
Luft. Dann wurde der Ton eingeschaltet. Ein Piroggenverkäufer
brüllte los. Ohne dieses Gebrüll hätte man die öligen, vor sich
hin dämmernden Körper wahrscheinlich noch viel länger für
feuchtes Gestein halten können, dachte Freudenberg, für extra-
terrestrischen Rosengranit vielleicht, jetzt aber stemmten sich
die fleischigen Batzen der Reihe nach auf, die Glieder knickten
ein und streckten sich, überall arbeiteten eifrige Gelenke, Dreh-
gelenke und Kugelgelenke, Scharniergelenke und Sattelgelenke.
Die Strandkörper verschoben sich gegeneinander wie einzelne
Segmente eines Tausendfüßlers. Hunderte Ärmchen kramten
in den Chitintaschen nach Münzen, dass es klimperte.
    Freudenberg lief an ihnen vorbei, durchquerte zügig die Sand-
burgenzone und blieb direkt vorm Meer stehen. Es gab kaum
Wind, kaum Brandung, nur kleine Stoßseufzer von Miniatur-
wellen, die ihm die Füße ableckten wie Schoßhündchen. Alles in
allem eine langweilige Badewanne. Freudenberg versuchte sich

einen Witz über die polnische Ostsee auszudenken: Was haben Metallverarbeitung und polnische Ostsee gemeinsam? Ihm fiel keine Antwort ein. Er war auch froh darüber, dass ihm keine Antwort einfiel, dass es scheinbar keinen Zusammenhang gab. Mit einem Mal fühlte er sich sicher, angenehm umrauscht von der fremden Sprache, die jetzt aus allen Richtungen kam und aus der man leicht verschiedene Erregungszustände, verschiedene Temperamente heraushören konnte. Gleichzeitig wirkten die Mitglieder dieser fremden Sprachgemeinschaft menschlicher, auch intelligenter als all die Menschen zu Hause, deren Worte man immer verstand. Was sicher ein Trugschluss war. Vermutlich redeten all diese Menschen hier den gleichen Unsinn, den gleichen Schrott wie alle Deutschen an irgendwelchen anderen Stränden, dachte Freudenberg, doch man verstand sie nicht, verstand kein einziges Wort, das war der entscheidende Vorteil. Das war der Eingang zum Paradies.

Freudenberg setzte sich wieder in Bewegung. Als er auf die Uhr schaute, sah er, dass es Zeit war umzukehren, aber jeder Muskel seines Körpers schien sich dagegen zu wehren. Er lief weiter am Wasser entlang und atmete ruhig und tief. Er wollte es nicht eilig haben, nicht jetzt.

Rechts neben ihm erhob sich allmählich die Steilküste. Sie wirkte wie ein schwerfälliges Tier, das sich mit den Vorderpfoten langsam vom Boden löste, um am Ende über einhundert Meter hoch auf den Hinterpfoten zu stehen. Freudenberg drehte sich um. Der Blick zurück Richtung Seebrücke und *Amber Baltic* war jetzt sand- und rosafarben. Er musste an ein Bild denken, das er in einem Fotoband in der Schulbibliothek gesehen hatte, eine doppelseitige Luftaufnahme von einem ostafrikanischen Natronsee, an dem sich zehntausende rosig-fleischfarbene Flamingos die Beine in den Bauch standen, um mit ihren krummen

Schnäbeln Kleinkrebse zu filtrieren. Ein Rausch in Rosa. Aber was man auf solchen Fotos nie erahnen konnte, wusste Freudenberg, war der sagenhafte Lärm und Gestank dieser Tiere, der Gestank ihrer vielleicht hunderttausend, rosafarbenen Kloaken.

Freudenberg drehte sich wieder um und lief weiter nach Osten. Nah am Hang tauchten Baracken und kleine Fischbuden auf, letztere mit Freisitzen, die gut gefüllt waren. Er war genau auf der Höhe des Hafengeländes angekommen. Am Strand standen bunte Fischkutter, die man mit Winden an Land gezogen hatte und die den Eindruck erweckten, als hätten sie gute Laune. Einzig die schwarzen Schiffsschrauben, die aus ihren Hintern herausragten wie Geschwüre, schienen das Gegenteil zu behaupten. Ein gelber Hund sprang von einem der Kutter herunter und kam Freudenberg entgegen. Er strich ihm um die Beine wie ein schmieriger Kater und lief dann weiter zu den Fischern. Freudenberg folgte ihm.

Zwischen den bunten Stahlwänden der Kutter wurde der Fang des Tages aus den Netzen gepult. Freudenberg trat näher heran und betrachtete die ruhigen, wetterharten Hände der Fischer. Er wartete auf ein Knistern ihrer Häute, so trocken pergamentartig kamen sie ihm vor. Aber das Knistern blieb aus. Nur ein leises Schwanzschlagen war zu hören. Die Fische zappelten in den engen Maschen der Netze und wurden Stück für Stück herausgepflückt. Es waren ausschließlich Flachfische: Schollen und Heilbutte. Ihre Kiemendeckel klappten hektisch auf und zu, als ob sie versuchten, noch im letzten Moment davonzufliegen. Freudenberg erinnerte sich an eine Biologiestunde in der 5. Klasse, in der ihnen ihr Lehrer erklärt hatte, was genau mit Kiemen passierte, die keinen Kontakt mehr mit Wasser hatten. Ihre hauchdünnen Atemblättchen trockneten aus; obwohl genügend Sauerstoff in der Luft war, konnte er nicht mehr genutzt werden. Die Fische erstickten in einem Luftmeer von Sauerstoff. Freudenberg blickte auf die zappelnden Körper. Auch die Erhöhung der Atemfrequenz nützte ihnen nichts mehr, es war zu spät.

Die Fische wurden nach Größen getrennt in verschiedenfarbige Plastikkisten geworfen, nur die allerkleinsten, so groß wie Neugeborenenhände, flogen zurück in die Brandung. Die Flugbahn betrug nur wenige Meter und nahm ihren Anfang in einer kurzen Zuckung im Handgelenk eines Fischers. Im flachen Brandungswasser glitzerten schon massenhaft Leichen. Kinderleichen, dachte Freudenberg. Nur bei genauerem Hinsehen gab es noch einige Überlebende. Sie paddelten vor sich hin, aber schienen nicht mehr in der Lage zu sein, gegen die lächerliche Brandung anzukämpfen, um zurück ins Tiefwasser zu gelangen. Ihre Kiemen waren schon unumkehrbar geschädigt. Ein Möwenrudel schaukelte um die frischen Kadaver und die noch Sterbenden herum und pickte sie von Zeit zu Zeit auf. Ein perfektes Buffet für diese Arschlochvögel, dachte Freudenberg und spuckte ins Wasser.

Die Fischerfrauen liefen mit immer neuen Kisten voller Flachfische zum Hafengelände und kamen mit leeren Kisten zurück. Der gelbe Hund war auf einen grünen Kutter gesprungen und schaute jetzt schwanzwedelnd über die Reling. Um ihn herum standen weiße Stangen mit roten Fähnchen. Freudenberg ging näher an den Kutter heran und stellte sich auf die Zehenspitzen. Auf Deck standen dutzende Bojen, alte Plastikfässer, mit denen die Stangen nach unten abschlossen. Der Hund hörte auf, mit dem Schwanz zu wedeln, und begann zu knurren, dann zu bellen. Die Fischer blickten auf. Einer von ihnen schrie etwas in Freudenbergs Richtung. Der Hund verstummte sofort und verschwand in der Kajüte. Freudenberg entfernte sich von dem Kutter. Er zündete sich eine Zigarette an und ging zurück zu den Netzen.

Auch wenn die Fische keinen Lidschlag hatten, keine Mimik beim Sterben, so erschütterte ihn ihr Anblick doch zunehmend: Das Schlagen der Flossen, das hektische Herumwerfen des ganzen Körpers, alles schien verzweifeltes Bewusstsein, unverstellte Panik. Darüber das völlige Desinteresse des größeren und stärkeren Tieres. Obwohl es der Tod war, der sich direkt vor seinem Auge abspielte, zeigte sich die unerschütterbare Routine des Jägers. Es war der Tod der anderen, immer der Tod der anderen, aber nur so lange, bis er einen selbst irgendwann holt, dachte Freudenberg, dann stoppt jede Routine.

Das Krampfen der Leiber hatte aufgehört und die Kiemendeckel klappten nur noch langsam und unentschieden auf und zu. Warum half man diesen Wesen, diesen *Seelen* dachte Freudenberg, nicht wenigstens dabei, schneller zu sterben, weniger qualvoll? Aber auch hier gab es nur eine einzige Antwort: weil es allen egal war. Die Fischer lachten und rauchten, lösten die verhaspelten kleinen Flossen und Schwänze wie nebenbei aus den Netzen und warfen sie in die Plastikkisten oder in die Brandung. Die weißgrauen Möwenleiber schaukelten und pickten unermüdlich in den Wellen. Auf einmal sah Freudenberg die Vögel in einem anderen Licht. Dieses Möwenschlaraffenland war auch ein Fischseelenerlösungsland. Zumindest die kleineren unter ihnen wurden schneller erlöst. Die größeren dagegen blieben erbarmungslos allein, möwenlos allein. All die stämmigen, gefühllosen Weiber trugen sie in die dunklen Baracken und ließen sie einfach dort stehen, bis sie in Zeitlupe erstickt waren. Freudenberg steigerte sich mit einem Mal in eine Wut hinein und wurde knallrot im Gesicht, aber weder die Fischer noch ihre Frauen nahmen ihn und seine aufflackernde Wut überhaupt wahr. Vielleicht war es auch gut so, dass sie nichts merkten, dachte Freudenberg, der genauso schnell wieder abkühlte, wie er in Brand geraten war: Es war vorbei, alle Fische waren tot. In wenigen Stunden würde man sie verspeisen, noch etwas später dann ausscheißen. Es würde sein, als hätten sie nie existiert, keine Fotos und keine Gedenkfeiern, nichts. Er blickte den Männern ins Gesicht und erkannte auf einmal, wie schrecklich müde sie waren: müde vom Fangen und Sterbenlassen. Dann blickte er auf den Boden. Überall waren Schleifspuren im Sand zu sehen von den Schiffsrümpfen, den Särgen. Plötzlich hatte Freudenberg Bilder vor Augen: Er sah die Kutter, die lange vor Sonnenaufgang ins schwarze Wasser eintauchten und davonglitten, er sah das Auswerfen der Netze, die schaukelnden roten Fähnchen auf den weißen Plastikfässern, das Anlocken und Fangen der Flachfische, und schließlich gegen Mittag die Rückkehr der Männer, der Strand westwärts schon voller Menschenfleisch, und auch das Schiffsdeck jetzt voller Fleisch, grau und kalt, zappelnd und kämpfend, sinnlos zwar, aber immer noch kämpfend, das frische, kalte Meerfleisch für das hungrige, heiße Strandfleisch. Freudenberg schnippte seine aufgerauchte Zigarette zwischen die geifernden Möwenschädel, aber keine schnappte danach, keine hatte es nötig. Die Frauen brachten jetzt Schnaps und die Männer johlten. Die letzten Fische wurden nur noch nachlässig aus den Netzen gepflückt. Der gelbe Hund war vom Kutter gesprungen und hatte sich in den Schatten einer Schiffsschraube gelegt.

Freudenberg schaute auf die Uhr, es war kurz nach eins, eine halbe Stunde über der vereinbarten Zeit, es war ihm egal. Ein Telefon hatte er nicht, zum Glück. Er setzte sich wieder in Bewegung und lief weiter nach Osten, folgte der leicht schlängelnden Küstenlinie. Erst jetzt im Laufen bemerkte er, wie stark die Sonne inzwischen brannte und wie pochend heiß sich seine rechte Schläfe anfühlte. Man konnte noch so nah am Hang entlanglaufen, die Sonne stand schon zu hoch über der Steilküste und erwischte einen überall. Er musste erneut an die Fischer denken, die ihn, nachdem sie miteinander angestoßen hatten, plötzlich wie einen Geist angeschaut hatten, der ihnen vorher nicht aufgefallen war. Sie hatten ihm irgendwas hinterhergerufen und dabei gelacht, was dreckig geklungen hatte, wie Möwengelächter. Auch das war jetzt egal, dachte Freudenberg und lief weiter. Er wollte sein T-Shirt ausziehen, es sich um den Kopf binden wegen der Sonne, aber tat es dann doch nicht, als ob es ihm jemand verbieten würde. Aber wer sollte das sein? Keine Menschenseele war mehr da, um ihm noch irgendwas zu verbieten.

Er ging an einer Holztafel mit der Aufschrift Woliński Park Narodowy vorbei und zündete sich eine neue Zigarette an. Nach einer Weile begann er ein Spiel mit der Brandung, so wie er es als Kind immer geliebt hatte. Er rannte im Geradeauslauf leicht nach links in die sich zurückziehende, trocknende Meerfläche hinein, aber sobald eine neue Welle kam und sich die Wasserzunge ausrollte, um ihn zu berühren, lief er schnell vor ihr weg, knapp und kontrolliert, aber nur so lange, bis sie sich erneut zurückzog, dann rannte er ihr gleich wieder hinterher. Genau das richtige Tempo zu finden, der Wechsel von Flucht und Verfolgung, die exakte oszillierende Bewegung des eigenen Muskelapparates, all das machte ihn glücklich, fast so glücklich wie früher.

Erst als Freudenberg außer Atem war, blieb er stehen und ließ sich fangen. Seine Schuhe und Strümpfe wurden nass, aber es war nicht schlimm, im Gegenteil, es fühlte sich an, als ob seine brennenden Füße endlich gelöscht würden. Dann tapste er aus der Brandung heraus, begann im Passgang zu laufen und verwandelte sich für eine Weile in einen schmächtigen Bären, noch immer scheu, doch zufrieden.

Je weiter Freudenberg lief, desto stärker veränderte sich die Steilküste, desto wilder erschien sie ihm. Die Hänge sahen jetzt aus wie unregelmäßige Schnittflächen in einem gewaltigen Körper. Entrindete Stämme ragten heraus wie einzelne Rippen oder Zähne, dazwischen verkrüppelte Büsche, die bis zum Strand herunterreichten, und ganz oben auf der Kammlinie ein Grün wie Echsenhaut. Alles hier wirkte berauschend. Den Kopf im Nacken sah Freudenberg, dass sich auch der Himmel zu verändern begann: In einer weiten Wölbung rutschte ein gleichförmiges Blau aus Richtung Międzyzdroje unter eine grauweiße Milchglasscheibe, die sich aus entgegengesetzter Richtung näherte. Das Blau verschwand allmählich, wurde langsam verschluckt und die Sonne drückte nicht länger mitten ins Gehirn.

Freudenberg lief weiter und durchquerte Strandabschnitte, die fast völlig von Geröllmassen bedeckt waren. Auf einmal sah er einen Körper, der isoliert, aber dennoch touristisch, auf einem Badehandtuch lag. Der nackte Körper war schlafend oder Schlaf vortäuschend zwischen rötlich geäderten Steinen ausgestreckt. Ein Kleiderberg lag daneben wie eine bunte, abgestreifte Haut. Freudenberg sah im Vorübergehen das Glied des Touristen, das halb aufgerichtet war, und beeilte sich vorbeizukommen.

Die Küstenlinie machte eine leichte Biegung nach rechts und Freudenberg folgte ihr. Im Gehen blickte er zurück und sah, dass Seebrücke und Fischkutter verschwunden waren. Als ob sich ein Kiefer aus Sand und Stein vorgeschoben hätte, ein mächtiges Gebiss, das den Weg zurück zu den Menschen versperrte. Aber es war nicht schlimm, fühlte Freudenberg, es beunruhigte ihn nicht. Er lief weiter. Überall lagen Gesteinsbrocken herum: grau im Sand oder schwarz, scharfkantig im Wasser. Das Meer klatschte, trommelte und zischte. Der ganze Strand war ein Dschungel. Doch statt lebendiger Bäume bot dieser Dschungel nur Totholz, blank gescheuerte Stämme und Wurzelstümpfe mit bizarren, dann wieder deutlich menschlichen Formen: Schulterblätter und Darmbeinschaufeln, Kreuzbeine und Wirbelsäulen.

Freudenberg blieb stehen, weil am Boden etwas glitzerte. Er kniete sich hin und betrachtete die fein geschwungenen, silbrigen Linien, die zu Tausenden ein Muster im Sand bildeten. Es wirkte nicht weniger komplex als ein nächtlicher Sternenhimmel. Freudenberg zog seinen rechten Zeigefinger vorsichtig an einer der Linien entlang und leckte ihn ab. Es schmeckte salzig. Aber anders als Speisesalz. Die feinen silbrigen Linien hatten noch einen Beigeschmack von Fäulnis.

Erst als Freudenberg wieder aufblickte, nahm er einen halb versunkenen Betonwürfel wahr, eine Art Bunker, der in der Brandung stand, nur etwa dreißig Meter vom Ufer entfernt. Wie hatte er ihn übersehen können, fragte er sich, es war ein gewaltiges Teil. Er setzte sich hin und starrte auf den Bunker. Die Sonne drückte von Neuem ins Gehirn, obwohl sie nicht mehr blendete. Plötzlich streifte ihn etwas, von innen oder von außen, das ließ sich nicht genau sagen. Freudenberg erschrak nicht darüber. Langsam zog er seine Sachen aus, auch seine Unterhose, und legte alles ordentlich zusammen. Dann lief er ins Wasser. Es kam ihm vor, als ob er gezogen würde.

Die vorherige Grelle bewirkte, dass er nahezu blind wurde, als er den fensterlosen Würfel betrat. Das Wasser im Inneren ging ihm bis zur Hüfte. Es klatschte und schmatzte die ganze Zeit von außen in den Bunker hinein. Freudenberg stand reglos da und fühlte, dass sich die Wasserscheibe um seine Hüften bei jedem Klatschen an die Außenwand leicht mitbewegte. Erste Schemen tauchten auf: unregelmäßige Grautöne. Freudenberg streckte seinen rechten Arm aus und berührte die Wand mit der ganzen Handfläche. Es fühlte sich weich und warm an, als ob man etwas Lebendiges streichelte. Er griff tiefer in die Algenmasse hinein und erreichte mit den Fingerspitzen die Betonoberfläche. Noch immer war alles angenehm warm und feucht. Freudenberg fing an mit den Fingern zu kreisen und spürte, dass sich sein Glied dabei versteifte. Er kreiste schneller. Auf einmal stieß er auf etwas anderes, etwas Vorgewölbtes, Kaltes, und hielt mitten in der Bewegung inne. Er ging mit dem Gesicht näher an die Wand heran und begann zu tasten. Sehr vorsichtig und konzentriert, als suchte er im Fell eines Tieres nach Parasiten oder einem Geschwür. Er konnte der fremdartigen Struktur wie einem Band folgen, das Geschwür wurde länger. Freudenberg drückte die Algenmasse stärker zur Seite und sah etwas Metallisches aufblitzen. Sein Herz machte einen Sprung und seine Handbewegungen wurden hektischer. Er riss Algen von der Wand. Zwei weitere Bänder kamen zum Vorschein: In Hals-, Brust- und Hüfthöhe waren Stahlbänder in die Betonwand eingelassen. Freudenberg erstarrte. Das Klatschen des Wassers, ein Schlagen von außen an die Wand, dann in den Schädel hinein, wurde härter. Schließlich ein Blitz, der in seine Stirn einschlug.

Als Freudenberg die Augen wieder öffnete, sah er die Wasserscheibe, die sich zitternd um seinen Hals bewegte. Er kam langsam aus der Hocke hoch und begann zu begreifen. Er war noch immer im Bunker. Die Wand hatte ihn aufgefangen, aber im Mund war etwas eingerissen, es schmeckte nach Eisen. Er spuckte aus und lehnte seinen Kopf an die Betonwand. Durch einen schmalen Spalt war ein Ausschnitt des Strandes zu sehen.

Er sah geäderte Schottermassen, gelbe und braune Schattierungen, Sand und Wurzelwerk. Wie ein Gemälde, ein Stillleben, dachte Freudenberg seltsam erleichtert und befahl sich selbst, ruhiger zu atmen. Es gelang nicht. Etwas stimmte nicht mit seiner Atmung, sie flackerte ängstlich weiter. Erst als er länger hinschaute, verstand er, warum. Er konnte ihn jetzt deutlich erkennen: einen ausgestreckten Arm am oberen Bildrand mit einer Hand, die auf ihn zeigte – genau auf ihn.

4

Freudenberg watete durch die Brandung zurück zum Strand
und blieb vor seinen zusammengelegten Sachen stehen. Er
konnte sich nicht daran erinnern, sie so exakt zurückgelassen
zu haben. Er zögerte kurz, dann ging er durch das vor ihm lie-
gende Geröllfeld näher an den Hang heran.

Vor ihm lag ein Mensch, vollkommen reglos. Er lag mit der
Brust auf einem Gesteinsbrocken und gleichzeitig schien er vor
diesem Brocken zu knien. Man hätte ihn leicht für einen Beten-
den halten können, für einen In-sich-Versunkenen, wäre sein
Kopf nicht völlig zerschmettert gewesen. Hirnmasse war ausge-
treten. Freudenberg fragte sich, ob er träumt oder noch immer
im Würfel ist, bewusstlos dort liegt. Er drehte sich um, aber der
Eingang zum Würfel war deutlich zu erkennen: eine spaltför-
mige Pupille, ein Reptilienauge ohne Lidschlag, das ihn dunkel
anstarrte. Ihm wurde übel. Er kniete sich hin und ein Schwall
von halbverdauten Essensresten ergoss sich aus seinem Mund:
Waffelreste, Wurststücke, Pilze, Pommes Frites.

Als sich sein Magen wieder beruhigt hatte, sah er neben seinem Erbrochenen eine kleine rote Pfütze im Sand versickern,
die noch immer von einem Rinnsal gespeist wurde, das seitlich am Stein herablief. Er starrte auf den roten Faden, in dem

Tropfen für Tropfen nach unten rollte, und begriff erst jetzt in aller Klarheit, dass er nicht träumte. Er stand zitternd auf und betrachtete den Jungen, der vor ihm lag. Dieser trug eine blau-weiße Windjacke mit zwei Reißverschlusstaschen, dazu ein schwarzes T-Shirt und eine Jeans. Eine der Jackentaschen wölbte sich, als wäre eine riesige Faust darin untergebracht. Freudenberg beugte sich nach vorn. Er öffnete die Jackentasche und griff hinein.

Das Portmonee, das Freudenberg herausgezogen hatte, war aus glattem grauem Leder. Er hielt es in der Hand wie ein Herz und drückte unbewusst darauf herum, als könnte er es auf diese Weise wieder zum Schlagen bringen. In den Fächern gab es zahlreiche Zettel, die dicht beschrieben waren, und mehrere Ausweise. Einer davon schien ein polnischer Perso-nalausweis zu sein. Freudenberg las den Namen des Jungen – Marek Strzep – und betrachtete das dazugehörige Foto. Marek Strzeps Wangen waren eingefallen und seine Augen lagen tief in ihren Höhlen. Sie sahen klein und streng aus, greifvogelhaft. Einzig seine Zähne wirkten kräftig und gesund. Aber wen inte-ressierten schon makellose Zähne, dachte Freudenberg, wenn der Schädel, an dem das ganze Fleisch hing, wie ein verdamm-ter Totenschädel aussah. Freudenberg ging zurück zu seinen Sachen und zog sein eigenes Portmonee aus der Hosentasche. Dann kniete er sich wieder hin und legte den polnischen Aus-weis neben seinen eigenen Ausweis. Den polnischen Schädel neben seinen eigenen Schädel. Die Ähnlichkeit war verblüf-fend. Schwankend ging Freudenberg zum Wasser, um sich sein Gesicht zu waschen, die eingefallenen Wangen.

Als er zurückkam, lag der Leichnam unverändert über dem Stein, doch es hatte den Anschein, als ob Marek Strzep jetzt noch intensiver betete als zuvor. Eine Möwe hatte sich neben dem Erbrochenen niedergelassen, pickte darin herum und krächzte. Freudenberg blickte eine Weile auf seine nackten Füße. Dann begann er die Leiche auszuziehen.

Das Entkleiden war schwerer als gedacht, die Leichenstarre hatte bereits an Armen und Beinen eingesetzt. Freudenberg zitterte am ganzen Leib. Alles an ihm schien sich dagegen zu wehren, das zu tun, was er gerade tat, aber er konnte es nicht mehr stoppen. Die Möwe tanzte nur ein paar Schritte zur Seite und war in keiner Weise bereit, ihr unverhofft üppiges Mittagsmahl aufzugeben. Als er fertig war, kam sie sogleich wieder herangehüpft. Freudenberg wusste nicht weiter. Auf einmal kam er sich vor wie abgeschaltet. Er blickte auf Mareks nackten Körper, der ihm weiß und unverletzt bis zum Kinn entgegenleuchtete. Erst darüber begann der blutige Stumpf des Kopfes.

Was hatte er getan? Warum zum Teufel hatte er die Leiche überhaupt angerührt? Er musste wahnsinnig geworden sein. Die Möwe kam noch ein Stück näher herangehüpft und als hätte sie endgültig begriffen, dass von Freudenberg keine Gefahr ausging, begann sie mit ihrem gelben Schnabel wieder in seinem Erbrochenen herumzuwühlen. Sie schluckte immer größere Brocken ab. Freudenberg beobachtete sie und wurde allmählich ruhiger. Ihm wurde bewusst, dass er keinerlei Scham empfand, obwohl er schon die ganze Zeit über nackt war. Anders als sonst, wenn er nackt war und an sich herabblickte, loderte ihm diesmal keine Flamme im Gesicht, die Wangen brannten nicht. Immer deutlicher hatte er das Gefühl, ein Wissenschaftler zu sein. Einer, der kurz vor einer Entdeckung stünde, kurz vor einem großen Durchbruch. Er starrte abwechselnd auf sich und auf Marek. Es gab zwischen ihnen beiden eine vollkommene Übereinstimmung im Körperbau. Selbst ihre Leberflecke saßen nahezu an den gleichen Stellen. Ihre Schwänze waren gleich lang und dünn. Als ob sie Brüder wären, dachte Freudenberg, nein, mehr noch: Zwillinge. Eineiige Zwillinge.

Freudenberg betrachtete seine feucht schimmernden Finger. Er hatte sich Mühe gegeben, dass Mareks T-Shirt beim Ausziehen weder Knochensplitter noch Hirnmasse streift, aber seine Hände waren damit in Berührung gekommen. Er hatte sich auf die unvorstellbare Berührung mit roten Knochensplittern und heller Hirnmasse eingelassen, weil er es gewusst hatte, schon vorher gewusst hatte, dachte Freudenberg. Nur deshalb hatte er es in Kauf genommen, Mareks Gehirn zu berühren, nur deshalb hatte er Mareks starren Armen und Beinen Gewalt angetan beim Ausziehen. Freudenberg begann zu weinen, erst still, dann immer lauter. Er bückte sich, griff nach Mareks T-Shirt und zog es sich über. Er hatte seinen Bruder gefunden. Aber es war zu spät, sein Bruder war bereits tot. Er zog Mareks Unterhose, Jeans und seine Windjacke an, danach steckte er sein Portmonee ein. Gerade als Freudenberg anfangen wollte, Marek seine eigenen Sachen anzuziehen, hörte er Hundegebell. Er hob den Kopf und sah einen dunklen Fleck, der noch einige hundert Meter entfernt war und sich auf ihn zubewegte. Ein zweiter, kleinerer Fleck rannte kläffend in die Brandung. Freudenberg blickte nach oben an die Hangkante, dann in Richtung Międzyzdroje. Er musste sofort weg von hier. Er griff nach seinem Kleiderhaufen und stürzte los.

Oben angekommen, konnte er kaum noch atmen. Seine Lungenflügel peitschten im Brustkorb und er ließ sich fallen. Er versuchte sich zu beruhigen, indem er die Augen schloss, aber die Dunkelheit hinter seinen Lidern war keine Dunkelheit, sondern ein kreischendes Rot. Er riss sie gleich wieder auf und schnappte nach Luft. Langsam wurde es besser. Er blickte sich um. Neben seinem Kopf wuchs ein mageres Bäumchen. Seine

Wurzelspitzen ragten aus der abgefressenen Hangkante heraus und stachen in die Luft. Ein kleiner Vogel saß darauf und wippte. Aber nur kurz. Als Freudenberg tiefer einatmete, flog er erschrocken davon. Gern hätte Freudenberg mit ihm getauscht, sein viel längeres Menschenleben gegen ein viel kürzeres Vogelleben eingetauscht, aber wie sollte das gehen, wenn dieser Vogel nicht stillhielt? Er schaute den Hang hinunter, den er gerade hochgerannt war, und sah eine steile Sandrutsche mit wenigen Grasbüscheln und toten Sträuchern. Kein Wunder, dass seine Atmung völlig außer Kontrolle geraten war, dachte Freudenberg und duckte sich im selben Moment weg.

Die zwei Spaziergänger aus Międzyzdroje standen direkt unter ihm, direkt am Meer. Ihre Gesichter waren nicht zu erkennen. Sie warfen Stöcke ins Wasser und ein braunweiß-gefleckter Hund stürzte sich bellend hinterher, biss in die Brandung und brachte alles Geworfene zurück. Freudenberg hörte, wie er ausgiebig auf Polnisch gelobt wurde. Dann setzten sie sich wieder in Bewegung. War es möglich, dass sie vorbeiliefen? Nein, sie waren erneut stehen geblieben, diesmal erstarrt. Freudenberg drückte sein Gesicht auf den Sandboden. Er hielt die offenen Augen auf die Sandkörner gerichtet und wartete auf einen Schrei, der nicht kam. Auch der Hund gab keinen Laut mehr von sich. Als Freudenberg den Kopf anhob, sah er die beiden Spaziergänger im Gegenlicht wie zwei Scherenschnitte in Richtung Międzyzdroje zurücklaufen. Der Hund hatte wieder angefangen zu bellen. Alle drei liefen dicht beieinander und schienen zu schwanken. Sie verschwanden in einer Linksbiegung hinter dem Küstenvorsprung, hinter dem mächtigen Gebiss.

Freudenberg war klatschnass geschwitzt. Er stand auf und spürte den Wind kühl im Gesicht. Vorsichtig lief er an der Hangkante entlang, so weit, dass er genau über Marek stand. Direkt vor ihm und exakt mit den Spitzen zur Kante ausgerichtet stand ein Paar weißer Turnschuhe. Freudenberg setzte sich daneben. Er ließ seine nackten Füße über die Kante baumeln und lief einige Schritte in der Luft. Erst dann griff er nach den Schuhen. Er glitt mit den Händen hinein und tastete sie von innen ab, bevor er sie anzog. Überraschenderweise waren sie ihm zu groß. Er war sich sicher gewesen, dass sie ihm genau passen würden. Er stand auf und fühlte den ungewohnt leeren Raum vor seinen Zehen. Es fühlte sich unangenehm an. Erst als er an sich herabblickte und dann weiter nach unten bis zum Geröllfeld, wurde ihm bewusst, dass er in seinem Leben nie passendere Schuhe besessen hatte.

Neben der Hangkante fiel Freudenberg ein Hagebuttenstrauch auf, an dem ein kleines Stück Papier hing. Es war rot und flatterte wie verrückt herum, als ob es lebendig wäre. Freudenberg trat näher heran und wunderte sich, dass seine rechte Hand sofort nach dem Papier griff und es in der linken Hand glatt strich, obwohl er weder seiner rechten noch seiner linken Hand irgendeinen Befehl dazu erteilt hatte. Ihn selbst interessierte dieses rote Schokoladenpapier nicht im Geringsten. Und trotzdem hob seine linke Hand es jetzt nah vor sein Gesicht. Er musste daran denken, wie gerne er als Kind Marienkäfer kurz vorm Start beobachtet hatte: Ihre Chitindeckelchen hatten sich leicht gehoben, die durchsichtigen Flügel waren zum Vorschein gekommen und ein kleiner Motor hatte angefangen zu brummen. Freudenberg atmete aus, erst langsam und vorsichtig dann etwas schneller und kräftiger. Das Schokoladenpapier auf seiner Handfläche richtete sich ruckweise auf, flog schließlich davon, wurde fortgerissen von unsichtbaren Kräften. Aber es kam nicht weit. Es verhedderte sich in demselben kleinen, mickrigen Strauch, aus dem es gerade erst befreit worden war.

Dort flatterte es erneut wie verrückt herum. Obwohl es gar nicht lebendig war, dachte Freudenberg – genau wie er selbst.

Er wandte sich ab und richtete seinen Blick auf den Horizont. Das Meer sah von hier oben viel elender aus als von unten. Es hatte auch keine einheitliche Farbe mehr, wie es vom Strand aus den Anschein erweckt hatte. Bis weit vor die Küste mischte sich in das fleckige Hellblau der Sandbänke noch etwas Grünes hinein. Es war ein schmieriger Grünton, der vielleicht dem Wunsch entsprach, anders zu sein, aber nicht der Fähigkeit dazu. Nur in der äußersten Ferne gab es ein verlässliches, unantastbar dunkles Blau, das Freudenberg beruhigte.

Der Wind wurde stärker und blies Freudenberg stoßweise ins Gesicht. Erst wehrten sich seine Augen mit schnelleren Lidschlägen, doch nach einer Weile hatten sie keine Lust mehr dazu. Freudenberg spürte, wie ihm die Feuchtigkeit von den Augen wich, wie sie trockener und sperriger wurden, wie Strohblumen. Nichts wollte er lieber, als sie schließen, aber er tat es nicht. Es kam ihm so vor, als gäbe es auch hier irgendetwas zu entdecken. Er schaute nach oben in den riesigen Sommerhimmel, ohne geblendet zu sein. Der Himmel war jetzt nahezu weiß und kaum noch geteilt, nur eine schmale Sichel Blau war zu erkennen. Als ob man auf einmal im Zentrum eines gewaltigen Vorgangs stünde, dachte Freudenberg. Als ob man ein kleines Tier wäre, das in einem Marmeladenglas gefangen würde, um später in Ruhe betrachtet zu werden. Aber von wem? – Diese Frage war nicht zu beantworten. Doch Freudenberg begann etwas anderes zu begreifen. Alles hier ging überaus langsam und lautlos vor sich, um jede Panik zu vermeiden. Nur um ihn nicht zu beunruhigen, wurde die Bewegung des Marmeladenglases nicht beschleunigt, wurde der Glasrand nicht einfach fallen gelassen. Nichts sollte an eine

Falle erinnern. Kein einziges Beinchen, kein einziger Fühler sollte abgeknickt werden.

Freudenberg beobachtete die blaue Sichel, die langsam und präzise verschwand. Er versuchte sich zu entspannen, während er gefangen wurde; es fiel ihm nicht leicht. Er stand an der Hangkante und seine Zehen spielten nervös in der Dunkelheit der zu großen Marek-Schuhe. Über dem Meer standen noch einzelne Lichtfächer, aber die Schatten schmolzen unaufhörlich zusammen. Wenn alle Schatten miteinander verschmolzen wären, würde der Vorgang beendet sein, wusste Freudenberg. Er schaute sich nach seinem eigenen Schatten um, doch fand ihn nicht gleich. Erst als er ein Stück von der Kante zurücktrat, sah er ihn in der Bewegung. Er schwappte von der Sohle bis zum Hals kopflos über die Kante und legte sich still vor seine Füße. Es war das gleiche treue, aufblasbare Tier, das ihn schon immer begleitet hatte, seit seiner Geburt. Sein Schattenkopf jedoch blieb verschwunden. Er konnte nur im Abgrund geblieben sein. Um ihn heraufzulocken trat Freudenberg noch ein Stück weiter zurück. Aber es war zwecklos, hinter ihm stand dunkel und unverrückbar der Wald. Er ging wieder vor an die Kante und dieses Mal sah er ihn sofort. Seltsam verzerrt von der Steilheit des Hangs lag er da, elliptisch im Sand. Der ganze Schattenkörper wie ein gekrümmtes Wesen, ein Embryo in der Wölbung des Hangs mit einem elliptischen Schädel. Deutlicher als je zuvor begriff Freudenberg, wie unterentwickelt er war. Von einer Sekunde zur nächsten verschwanden alle Schatten.

Freudenberg sah die Rettungskräfte, die aus einem roten Motorboot der Küstenwacht heraussprangen. Auch seine Eltern waren dabei. Die breiten Geröllfelder am Strand hatten es jedem anderen Fahrzeug unmöglich gemacht, bis zu der Stelle vorzudringen, wo Marek noch immer auf seinem Stein lag und betete. So sehr betete, dass ihm das Gehirn herauslief, dachte Freudenberg. In diesem Moment setzte die Mutter einen heiseren, trockenen Schrei ab und Freudenberg erstarrte. Er hatte einen Laut erwartet, aber nicht einen solchen, sofort in ihn eindringenden, sein Blut durchmischenden Ton. Tränen schossen ihm in die Augen. Er ballte seine Hände zu Fäusten und versuchte, die Nässe wegzuwischen.

Auch die beiden Spaziergänger, die Marek entdeckt hatten, standen jetzt neben dem Boot, aber ohne ihren Hund. Freudenberg sah, dass es alte Leute waren. Als Uniformierte ihre Blicke auf die Hangkante richteten und die Stelle ins Visier nahmen, von wo Marek gestürzt war, drückte er sich noch fester auf den Boden. Unverständliche Kommandos wurden erteilt. Er hatte einen Fehler gemacht, als das Motorboot angerast gekommen war, begriff Freudenberg, er hatte sich sofort hingeworfen, um nicht vom Wasser aus gesehen zu werden. Aber jetzt musste er weg, weg von der Kante. Aber wie? Er durfte auf keinen Fall in Panik geraten und aufspringen. Er musste sich rückwärts in den Wald schieben, das war die einzige Möglichkeit. Erst dort konnte er unbemerkt aufstehen und wegrennen. Zwei Uniformierte begannen den Hang hochzuklettern und Freudenbergs Herz raste wie eine rote Libelle.

Erst Stunden später, als es dunkel war, kam Freudenberg an die Hangkante zurück. Man hörte das Rauschen der Brandung und dazwischen das Summen der Generatoren. Ein kleiner Abschnitt des Strandes war beleuchtet. Freudenberg legte sich auf den Bauch und schaute nach unten. Noch immer waren Menschen zu sehen. Drei Leute von der Spurensicherung liefen zwischen den sich überlappenden Lichtkegeln hin und her. Jeder Einzelne von ihnen warf vier Schatten, als ob er ein Spieler in einem winzigen Stadion wäre. Manchmal traten die Körper auch aus dem beleuchteten Strandabschnitt heraus und bewegten sich dann in der Dunkelheit weiter wie in einem schwarzen Außenring. Die Bewegungen dort waren abgehackter. Freudenberg blickte aufs Wasser. Das Boot der Küstenwacht schaukelte nach wie vor in der Brandung und man konnte das Meer leise gegen die Bordwand klatschen hören. Manchmal trug der Wind sogar ein Flüstern nach oben, ein Geräusch wie ein Beweisstück, dass sich keine Maschinen am Strand befanden, sondern immer noch Menschen.

Je länger Freudenberg vom Hang hinunterblickte, desto bewusster wurde ihm die Gegenwart des Steins. Er lag genau in der Mitte der abgesperrten Zone und wirkte jetzt, wo Marek verschwunden war, ungewöhnlich glatt. Er wurde betrachtet und regelmäßig umrundet, auch berührt. Wie etwas Heiliges. Freudenberg stand mit einem Ruck auf und blieb an der Hangkante stehen. Er hatte keine Angst mehr, gesehen zu werden. Auch glaubte er nicht daran, dass seine Eltern in der Dunkelheit standen und nach ihm Ausschau hielten. Er erinnerte sich an jede Einzelheit. Er hatte keine Zeit mehr gehabt, Marek anzuziehen, die Spaziergänger waren zu schnell näher gekommen und der Hund hatte gebellt. Er hatte ihn einfach nackt liegen lassen, war mit Mareks Sachen bekleidet und den eigenen Sachen unterm Arm losgestürzt und die Steilküste hochgerannt. Jetzt trug er alles, was Marek einmal gehört hatte: seine Unterhose, seine Jeans, sein T-Shirt, seine Windjacke und seine weißen Turnschuhe. Seine eigenen Sachen, seine Schuhe, sein Portmonee hatte er an der Stelle zurückgelassen, wo Mareks Turnschuhe gestanden hatten, an der Kante. Freudenberg lief im Dunkeln zu der Stelle zurück und sah, das alles verschwunden war. Sein Kleiderhaufen war weg. Seine Haut. Also war es entschieden.

5

Freudenberg öffnete die Augen und Tageslicht brach in seinen Kopf ein. Das erste, was er sah, waren zwei weiße Turnschuhe, die wie zu große Clownsschuhe an seinen Füßen feststeckten. Sofort war er hellwach und sprang auf. Unter ihm klaffte der Abgrund. Er musste umgefallen sein oder sich wie ein Tier hingeworfen haben, nicht einmal in den Wald hatte er sich zurückgeschleppt. Er begann zu zittern. Vor Kälte oder vor Schreck, er wusste es selbst nicht. Vor ihm auf dem Boden lag Mareks Windjacke als ein glänzendes Knäuel. Er hob sie vorsichtig auf und musste an seinen Biologielehrer denken, der ihnen vor einiger Zeit einen bestimmten Reflex erklärt hatte. Wenn ein Mensch neben einem Abgrund schlief und ein kleines Stück von ihm, sein Ellenbogen oder seine Hand, über die Kante hinaus ins Leere ragte, dann drehte sich der Körper ohne wach zu werden automatisch vom Abgrund weg auf die sichere Seite. Dieser Reflex hatte es den ersten Menschen erlaubt, auf Bäumen zu übernachten, wo sie vor Raubtieren geschützt waren. Allerdings funktionierte er nur bei nicht zugedeckten, nicht umhüllten Körpern, erinnerte sich Freudenberg jetzt genauer. Schlief man zum Beispiel in einem Schlafsack oder benutzte eine Decke, dann sorgte sich das eigene Nervensystem nicht mehr im Geringsten um einen, dann war man geliefert. Freudenberg streifte die Windjacke über und fragte sich, ob man überhaupt noch wach werden würde, wenn man stürzte, so schnell und kurz wie man flog, und ob es nicht von allen Todesarten die beste sei: Schlaf, Sturz und wieder Schlaf. Wie auch immer, es blieb dabei, so ein Nervensystem war keine sonderlich gute Schutzvorrichtung. Hatte es sich denn je wirklich um ihn gekümmert, sein beschissenes Nervensystem? Auch wenn es jetzt zusammen mit ihm hier oben stand, lebendig wie er selbst, hatte dieses verlogene, lemminghafte Ding nicht eigentlich schon immer versucht, ihn zu erledigen?

Freudenberg setzte sich hin. Er zog die Beine näher an den Rumpf heran, um seine Restwärme besser halten zu können, doch es half nichts, er fror weiter. Ihm fiel auf, dass sich die Grashalme an der Stelle, wo sein Kopf über Nacht gelegen hatte, schon wieder aufgerichtet hatten. Gerade so, als ob dort nie etwas Schweres gelegen hätte, als ob sein Kopf nur ein Leichtgewicht wäre, ein Luftballon. Aber das konnte nicht sein. Jeder Kopf war ein Felsen, der seinen Körper zerdrückte. Sein Biologielehrer hatte auch immer zerdrückt und nie wirklich glücklich und leicht ausgesehen. Oft hatte dieser noch junge, aber schon ausgezehrt wirkende Mensch ihnen in den ersten Unterrichtsminuten die interessantesten Dinge erzählt, um sie für ein neues Thema zu begeistern. Sobald das Thema ausführlicher behandelt werden sollte oder die Klasse aufgefordert wurde, selbstständig zu arbeiten, war der Lehrer jedoch auf brutale Ablehnung gestoßen. Hätte er selbst in so einem Moment um Ruhe gebeten, obwohl er sonst nie sprach, hätte man ihn schon in der nächsten Hofpause zusammengeschlagen, da war sich Freudenberg sicher. Jahrelang war er zusammen mit Lügnern, Dieben und zukünftigen Mördern in einer Klasse eingesperrt gewesen und bis zum letzten Schultag dort eingesperrt geblieben, in einem oberstaatlichen Mittelschulgefängnis. Freudenberg schaute nach unten auf den Stein, der grau und unscheinbar dalag. Nirgends war mehr eine Absperrung zu erkennen, der Strand wirkte vollkommen verlassen.

Nein, er war ganz zu recht dort eingesperrt gewesen, dachte Freudenberg, er war keinen Deut besser gewesen als die andern. Er begann stärker zu frieren und rieb sich die Unterarme, die ihm inzwischen wie Holzknüppel vorkamen, wie Prothesen. Außerdem spürte er deutlich seinen Magen, der ins Leere krampfte. Am liebsten wäre er losgerannt, nach Międzyzdroje, direkt zu einer der Buden, um sich den Bauch vollzuschlagen, aber wie sollte das jetzt noch gehen? Freudenberg blickte auf den Horizont. Die Sonne stand knapp über dem Wasser und schien nicht vertrauenswürdig zu sein, so klein und gelb wie sie war, wie aus Eiter gemacht. Wie spät war es überhaupt? Freudenberg wollte auf seine Uhr schauen, doch im selben Moment fiel ihm ein, dass er sie mit auf den Kleiderhaufen gelegt hatte.

Obwohl er die Arme inzwischen wie Propeller bewegte, fror er weiter. Seine Hände waren eiskalt und er steckte sie in die Jackentaschen. In der rechten Tasche fühlte er Mareks Portmonee. Er zog es heraus und öffnete es. Nicht ein einziger Schein war darin, nicht einmal Münzen, nur zwei abgetrennte Knöpfe. Freudenberg ließ das Portmonee fallen und stieß es mit dem Fuß weg. Gleich darauf bückte er sich wieder, um es aufzuheben. Er hatte alles Notwendige getan, er hatte alles an die Hangkante gelegt, sogar seine Uhr, aber woran er nicht gedacht hatte, war, Gerds Złotys aus seinem eigenen Portmonee herauszunehmen. Er war ein Idiot gewesen, ein verdammter Idiot. Freudenberg schob Mareks Portmonee zurück in die Windjacke und lief in den Wald hinein.

Der Waldboden war mit Buchenlaub vom Vorjahr bedeckt, eine rote unscharfe Fläche, dass es Freudenberg schwindlig wurde. Vielleicht war es auch Hunger. Freudenberg hatte das Gefühl Hunger zu leiden, aber das bisschen Hunger war noch lange kein Leiden, das wusste er selbst. Genauso wenig wie all seine beknackten Klassenkameraden hatte er jemals Hunger gelitten. In den Supermärkten hatten sie nie Brot geklaut, sondern immer nur Süßkram und Bier, und natürlich Kippen. Vor allem Kippen. Freudenberg blieb stehen. Er zündete sich eine Zigarette an, dann lief er weiter.

Die Sonne stieg höher. Die Lichtstrahlen stießen wie Speere durch die Baumkronen. Manche wurden schneller, als ein Lidschlag dauert, wieder aus dem Waldboden herausgezogen, um an anderer Stelle genauso schnell wieder eingerammt zu werden. Einige blieben unverrückbar stecken, als ob sie ihr Ziel schon getroffen hätten. Es musste einen Jäger geben da oben, der alles überblickte, war sich Freudenberg sicher. Er zog die Windjacke aus und band sie sich mit den Ärmeln um die Hüfte. Er fror nicht mehr, im Gegenteil: Die Hitze hatte sich zwischen den Baumstämmen aufgespannt wie ein unsichtbares Netz, das ihn beim Laufen abbremste. Er blieb kurz stehen. Früher hatte er den Buchenstämmen ihre Augen nicht angesehen, aber jetzt fühlte er sich von genau diesen Rindenaugen beobachtet. Außerdem hatte er Durst; nicht nur Hunger, jetzt auch Durst. Freudenberg lief weiter. Als ob ihn irgendein Wissen trösten könnte, versuchte er sich an den Vorgang der Blutzuckerregulation zu erinnern. Ihm fiel nicht mehr der Gegenspieler von Insulin ein, obwohl es genau dieser Gegenspieler war, der ihm gerade jetzt die Zuckerreserven aus der Leber freisetzte und die Magenkrämpfe verscheuchte. Der Zucker kam zurück ins Blut, der Blutzuckerspiegel stieg und die Hirnzellen bekamen mit der flachen Hand Zuckerstückchen gereicht wie müde Pferde im Stall. Genau mit diesem Vergleich, mit diesem Bild, hatte ihnen der zerdrückte Biologielehrer damals den Vorgang der Blutzuckerregulation erklärt. Freudenberg hatte dieses Bild sofort gemocht, er mochte es noch immer. Aber warum fiel ihm nicht der Gegenspieler von Insulin ein, der, der ihm gerade die Zuckerhand reichte. Die Magenkrämpfe hatten nachgelassen, aber viel wichtiger war es doch, die Dinge beim Namen nennen zu können. Freudenberg schlug sich mit der Faust an die Stirn. Er hasste es, wenn ihm bestimmte Worte nicht einfielen. Es war im Grunde verwirrend: Er liebte einzelne Worte, doch alle Wortanhäufungen waren ihm zuwider. Sein Kopf war ein Arschloch, angetrieben von einem Arschloch von Nervensystem.

Seit Freudenberg den Wald von der Steilküste aus betreten hatte, war der Boden leicht angestiegen, dann wieder leicht abgefallen, erneut angestiegen und so weiter. Ganz so, als ob sich die Wellen des Meeres im Wald fortgesetzt hätten. Der Boden verhielt sich wie eine versteinerte Brandung. Freudenberg lief tiefer in den Wald hinein und das Buchenlaub überschüttete die Bodenwellen unverändert mit Rot. Allmählich hatte er den Eindruck, in einem Schlachthaus zu wandeln. Auf dem Gipfel einer neuen Welle angelangt, blickte er zurück und sah noch einmal das Meer wie Quecksilber zwischen den Stämmen. Dann ging es wieder bergab. Diesmal änderte sich das System. Die Waldbühne schien sich mit einem Mal vollständig gedreht zu haben. Aus einem blutig blickenden Buchenwald war ein kühlerer, angenehm nicht blickender Kiefernwald geworden. Selbst die Vögel klangen weniger grell. Der Boden war weich und still und ohne Laubschicht. Dafür gab es Moose. Freudenberg hockte sich hin und versuchte erst vorsichtig, dann immer gewaltsamer einige der Mooskissen auszudrücken, aber sie gaben nicht einen einzigen Tropfen Wasser her. Nur kleine Spinnen und Asseln flüchteten daraus hervor.

Freudenberg lief weiter. Nach einer Weile verspürte er Harndrang, obwohl er sich restlos ausgetrocknet fühlte. Er stellte sich an eine Kiefer und der Resturin lief als ein dünner, tiefgelber Faden aus seinem Schwanz heraus. Plötzlich knisterte es hinter ihm und er hörte ein kurzes, unterdrücktes Lachen. Er riss seinen Schwanz zurück in die Hose und spürte, dass sie feucht wurde. Er drehte sich um, doch niemand war zu sehen. Nur ein leises Lachen war erneut zu hören. Diesmal waren seine Augen schnell genug und zielten auf einen nahegelegenen Stamm, hinter dem sich etwas Rötliches, Flammenartiges versteckt hielt. Freudenberg rührte sich nicht. Dann sah er es.

Das Mädchen machte noch immer Geräusche, als es mit den Händen vorm Gesicht, aber genügend Schlitzen zwischen den Fingern, aus seinem Versteck hervorkam und auf ihn zulief. Zubrannte, dachte Freudenberg. Ihr ganzer Kopf erinnerte ihn augenblicklich an einen Fuchs. Er hatte noch nie derart leuchtend rote Haare gesehen. Sie blieb direkt vor ihm stehen und nahm die Hände vom Gesicht. Ein schallendes Lachen prasselte jetzt hervor und der Fuchskopf zersprang in alle Richtungen. Freudenberg war wie gelähmt. Er fragte sich, was er wohl selbst für ein Gesicht machte, und ob es womöglich an seinem eigenen Gesicht lag, dass das Mädchen gar nicht mehr aufhörte zu lachen. Man bekam kein einziges unverwackeltes Bild von ihr, nur ein großes Durcheinander war zu bestaunen: ganz unten ein aufgerissener roter Fleck, ganz oben hüpfende, fast weiße Brauenbögen und dazwischen ein leuchtendes, verwirbeltes Gemenge von Augen und Sommersprossen. Freudenberg starrte sie an wie ein Naturphänomen und wusste nicht weiter. Ein leichtes Kitzeln an seiner Nase war zu spüren. Er fing an, daran herumzureiben. Das Mädchen wieherte vor Lachen. Also ist sie auch ein Pferd, dachte Freudenberg und spürte im selben Moment ein leichtes Zucken an seinen Mundwinkeln. Das Mädchen lachte weiter. Auf einmal glaubte Freudenberg wie von fern ein zweites, fremdartiges Lachen hören zu können, das langsam näher kam, dann immer schneller wurde, bis er endlich begriff, dass es sein eigenes Lachen war, das seinen Mund überrannte, zuerst noch meckernd und rostig, schließlich laut und enthemmt. Freudenberg lachte – lachte wie verrückt. Bis er keine Luft mehr bekam. Er wollte weiterlachen, aber es ging nicht mehr.

Auch das Mädchen hatte aufgehört zu lachen und grinste jetzt. Freudenberg war sich sicher, dass sie noch viel länger hätte so weiterlachen können, wahrscheinlich noch Stunden oder Tage, und dass sie nur aus Rücksicht auf ihn, dem man seine Verwirrung und seine Schwäche ansehen musste, mit aufgehört hatte. Sie steckte sich die Haarsträhnen, die ihr ins Gesicht gefallen waren, hinter die Ohren und Freudenberg konnte ihre Wangen glühen sehen. Sie waren jetzt röter als ihre Haare. Die Augenbrauen und Wimpern dagegen sahen aus wie mit Mehl bestäubt; oder mit Rattengift. Freudenberg musste sich setzen. Das Mädchen hockte sich ihm gegenüber auf den Boden und schaute ihn weiter neugierig an. Sie war etwa in seinem Alter oder ein paar Jahre älter, Freudenberg war sich nicht sicher. Auf einmal sagte der Mund des Mädchens, der bisher nur kreuz und quer im Gesicht herumgehüpft war, ein Wort. Ein Wort wie Maja. Was Freudenberg überforderte. Er rührte sich nicht. Sie zeigte auf sich selbst und wiederholte »Maja«, schaute ihn erwartungsvoll an, doch Freudenberg antwortete nicht. Jetzt stach sie mit dem Finger in die Luft und Freudenberg erschrak. Er wollte sprechen, aber es ging nicht. Stattdessen fühlte er, wie er rot wurde. Am liebsten hätte er sich selbst ins Gesicht geschlagen, auf den Mund, auf die Lippen und Zähne, die einfach nicht funktionieren wollten, da sprach Maja schon weiter. Wortanhäufungen, ganze Sätze. Freudenberg verstand kein Wort. Was er trotzdem heraushörte, war eine Art Besorgnis. Was im Grunde unmöglich war. Aber je länger er zuhörte, desto sicherer war er sich: Es klang wirklich so, als ob sich das Mädchen um ihn sorgte. Mit einem Mal kam ihm diese Stimme nicht nur besorgt, sondern auch ehrlicher und liebevoller vor als alles, was er jemals gehört hatte. Aber wie konnte das sein? Freudenberg riss die Augen auf, als er seinen Namen hörte. Er hatte gar nicht bemerkt, dass seine Augen geschlossen gewesen waren. Und wie war es möglich, dass er seinen Namen gehört hatte, obwohl er selbst noch kein Wort gesagt hatte.

Maja hielt ihm die Handfläche hin. In der Wölbung ihrer Hand lagen blaue Kügelchen: frische Heidelbeeren. Freudenberg steckte sie sich vorsichtig in den Mund. Maja lächelte, griff nach einem der Körbe, die hinter ihr standen und schob ihn näher zu ihm. Freudenberg fasste hinein und verschlang gierig die Beeren. Das Kauen kam ihm vor wie ein Trinken. Es fühlte sich an, als ob sich seine Zellen entknitterten, als ob die Beeren ihn innerlich wieder glatt bügelten.

Nachdem er den ersten Korb leer gegessen hatte, schob sie ihm auch den zweiten hin, aber Freudenberg schüttelte den Kopf. Er fühlte sich gestärkt und merkte, dass er müde wurde, dass ihm die Augen zufielen. Plötzlich zuckte er zusammen. Er hatte das Wort Tourist gehört. Übertrieben schüttelte er den Kopf: Nein, er war kein Tourist. Nein. Maja schaute ihn forschend an, dann sprang sie auf und hielt ihm wieder die Hand hin, diesmal zum Hochziehen. Freudenberg zögerte, doch sie nahm ihre Hand nicht weg. Schließlich griff er danach, aber versuchte sich so leicht wie möglich zu machen beim Aufstehen. Gleich als er stand, ließ er ihre Hand los. Er blickte sich verlegen um, griff in die Windjacke und zog seine Zigarettenpackung heraus. Er nahm zwei Zigaretten und hielt ihr eine davon hin. Sie schüttelte den Kopf, stampfte nur mehrmals mit den Füßen auf dem trockenen Waldboden auf. Freudenberg verstand und steckte die Zigaretten wieder ein. Maja nickte. Sie band sich die Haare zum Zopf. Dann drückte sie ihm den leeren Korb in die Hand, nahm selbst den vollen und gab ihm ein Zeichen, ihr zu folgen.

Sie liefen durchs Unterholz und Freudenberg blieb dicht hinter ihr. Er fühlte sich wohl, er hatte keinen Hunger, keinen Durst mehr und Majas Zopf pendelte so nah vor ihm, er hätte nur die Hand ausstrecken müssen, um ihn zu berühren. Obwohl sie erst wenige Minuten gelaufen waren, hatte er große Lust, ihr Gesicht wiederzusehen und konnte es kaum erwarten, dass sie sich umdrehte.

Sie kamen auf eine Lichtung. Überall sah man gebückte, alte Frauen, die keine Hälse zu haben schienen und zwischen unzähligen Heidelbeerbüschen umherkrochen. Sie richteten sich kurz auf, um zu sehen, wer gekommen war, und Maja winkte ihnen zu. Die Alten winkten wortlos zurück und Freudenberg sah ihre weißen Haarbälle, die wie Beulen vom Kopf abstanden. Dann knickten die Köpfe wieder nach unten, um die Augen näher an die Büsche heranzubringen. Maja drehte sich zu ihm um – endlich – und hielt den Zeigefinger an die Lippen. »Psst!« Freudenberg nickte.

Auf der ganzen Lichtung wurde nicht gesprochen, man hörte nur ein leises Rascheln und Knacken. Maja begann Beeren zu sammeln und Freudenberg half ihr, so gut er konnte. Es kam ihm so vor, als ob die Lichtung in Reviere aufgeteilt wäre, die Alten krochen wie auf vorbestimmten Bahnen um die Büsche und näherten sich untereinander kaum an. Nach einer Weile glaubte Freudenberg neben den Vogelstimmen und dem Knacken der Äste auch das leise Stöhnen der Alten zu hören. Vor allem, wenn sie sich aufrichteten und ihre Wirbelsäulen durchstreckten. Vielleicht kam alles Knacken im Wald ja von diesen Wirbelsäulen, nicht von Ästen und Zweigen. Maja gab ihm von hinten einen Stoß und lachte, als er seine Hand vor Schreck zurückzog. Scheinbar hatte sie Spaß daran, ihn zu verwirren. Sie entfernte sich wieder und er blickte ihr nach, dann sammelte er weiter. Aber der Korb wurde nicht voll. Nicht einmal halbvoll. Als ob es ein Loch darin gäbe, eines, das nicht zu erkennen war. Doch im Grunde war es egal, dachte Freudenberg, Hauptsache, Maja war bei ihm. Jedes Mal, wenn sie mit einer Hand voll Beeren zurückkam, lächelte sie ihn kurz an und ließ ihre blauen Kügelchen über die ausgestreckte Handfläche in seinen Korb rollen. Es machte ein trommelndes Geräusch. Der Korb konnte noch so beschissen sein, dachte Freudenberg, aber dieser eine Moment war perfekt. Als er sich aufrichtete, sah er, dass Maja den Alten zuwinkte. Die Alten winkten wie mechanisch zurück und ließen ihre Becken kreisen. Jetzt verließ Maja die Lichtung, ohne sich nach ihm umgedreht zu haben, ohne ihn aufgefordert zu haben, ihr zu folgen. Sie ging einfach weg.

Freudenberg stürzte ihr nach. Als er sie eingeholt hatte, nahm er ihr den vollen Korb ab und berührte dabei kurz ihre Hand am Griff. Sie tat so, als ob sie es gar nicht bemerkt hätte, und lief weiter. Freudenberg ließ sich ein Stück zurückfallen und roch an seiner Hand, die jetzt duftete. Dann begann Maja wieder zu sprechen. Sie redete, ohne sich umzudrehen, und es kam ihm vor wie eine kleine Belehrung, wie ein belehrendes Flüstern. Er verstand noch immer kein Wort, aber folgte ihr schon jetzt wie ein Hund; wie ein herrenloser Hund, dachte Freudenberg.

Nach einer Weile erreichten sie die Straße. Sie waren noch immer im Wald. Ein zerbeultes Moped mit Anhänger stand am Straßenrand. Maja drehte sich um und grinste. Sie nahm Freudenberg beide Körbe ab und stellte sie in den Anhänger. Dann bat sie ihn um eine Zigarette.

6

Freudenberg hatte das Moped am Ortseingang zurückgelassen. Es war ihm schwergefallen, sich von der Maschine zu trennen, als wäre er mit ihr verschmolzen gewesen oder als wäre das Gehen gar nicht mehr seine natürliche Fortbewegungsart. Jetzt stand er im Garten der Eltern unter dem Walnussbaum. Es war bereits dunkel und es war windig. Der Lichtstreifen vom Wintergarten reichte nicht ganz bis zum Stamm heran. Freudenberg fühlte sich müde und ihm war kalt. Einige Nüsse fielen krachend auf das Garagendach oder dumpf auf die Erde, obwohl es erst Mitte August war. Wahrscheinlich waren es kranke Exemplare. Eine davon rollte Freudenberg genau vor die Füße wie ein winziger Kopf.

Sein Arm begann wieder zu jucken. Freudenberg kratzte sich nur leicht, er musste vorsichtig sein, damit der Schmerz nicht zurückkam. Er hatte sich den rechten Arm am Auspuff verbrannt. Wenn er sich in den letzten zwei Wochen schlafen gelegt hatte, auf Wiesen, an Seen oder Teichen, hatte er direkt neben der Maschine gelegen. Er war sofort eingeschlafen und bis zum Morgen traumlos geblieben. Nur einmal war er gleich nach dem Einschlafen wieder hochgeschreckt. Ohne zu begreifen, was passiert war, hatte er sich vor Schmerzen gekrümmt.

Sein Arm hatte gebrannt und er war zum See gestürzt, um ihn ins Wasser zu halten. Langsam war der Schmerz abgetaucht. Er hatte sich ans Ufer gelegt und war erneut eingeschlafen. Am nächsten Morgen hing sein Arm noch immer im See. Er hatte ihn nur mühsam herausziehen können, er war ihm wie eine nachlässig angemalte Prothese vorgekommen. Erst als er ihn mehrmals auf den Boden geschlagen hatte, waren Blut und Leben zurückgekehrt. Aber der Arm war noch immer ein Problem. Freudenberg kratzte weiter und zündete sich eine Zigarette an. Er blies den Rauch durch die Nase, um den Güllegeruch zu betäuben. Wie immer stank es nach Schweineurin. Um den ganzen Ort herum lagen urin- und kotgetränkte Felder. Schon seine Großeltern, Gerds Eltern, hatten hier gelebt und diesen Gestank in der Nase gehabt.

Freudenberg rauchte in gleichmäßigen Zügen. Er hatte das Moped hinter der dorfabgewandten Friedhofsmauer versteckt, genau dort, wo die Felder begannen. Von dieser Seite betrat niemand den Friedhof, es gab keine Tür. Freudenberg erinnerte sich: Jedes Mal, wenn er zusammen mit Gerd und der Mutter auf den Friedhof gegangen war, um die Großeltern zu besuchen, war es irgendwann lächerlich geworden. Nach der Unkrautbekämpfung am Grab schaute man gemeinsam über die Mauer hinweg in die Ferne. Und was sollte man auch anderes tun, als über dieses Meer von Schweineurin und Schweinescheiße hinwegzustarren? Auf dem Friedhof gab es nichts mehr zu tun, alle waren tot. Hinten am Güllehorizont, und nur bei guter Sicht, sah man das große Denkmal, dort lag die große Stadt. Wenn Gäste aus anderen Käffern da waren und wenn man die Nähe des eigenen Kaffs zur Stadt betonen wollte, bohrte man seinen Zeigefinger in diesen unaufgeräumten, vollgeschissenen Horizont, zeigte auf das große Denkmal und ließ den Namen der großen Stadt fallen. So tat es zumindest die Mutter, die dort geboren und aufgewachsen war. Gerd hatte sie später aus der Stadt herausgeschwängert und ins Kaff gebracht. Freudenberg zog mehrmals schnell an seiner Zigarette, er wollte und konnte sich seine Eltern nicht kopulierend vorstellen. Die Mutter hatte darauf bestanden in der Stadt zu entbinden, vier Tage lang hatten sie beide in der Klinik gelegen, wusste Freudenberg aus Erzählungen, dann hatte Gerd sie vorsichtig ins Auto gesetzt und über die Urinfelder ins Eigenheim gebracht, ins Kaff verpflanzt. Freudenberg begann zu zittern. Er war hier aufgewachsen. Siebzehn Jahre lang hatte er hier dahinvegetiert. Nun war er wieder da, schon nach zwei Wochen. Er hatte es nicht geschafft. Einfach nicht geschafft.

Freudenberg blickte am Stamm vorbei in den leeren Wintergarten, aber die Eltern kamen nicht heraus, es blieb still. Die Walnüsse trommelten in größeren Abständen aufs Garagendach. Auf dem Dach lagen mehrere Schichten Dachpappe und darunter stand Gerds roter Ford. Freudenberg erinnerte sich, dass Gerd vor einigen Jahren in der Stadt gewesen war, als es gehagelt hatte. Es war ein stabiler Sommernachmittag gewesen, hatte Gerd später erzählt, der Betriebsausflug war nach Plan verlaufen, doch dann waren wie aus dem Nichts tischtennisballgroße Hagelkörner vom Himmel gefallen. Der aufs Grundstück rollende Ford hatte ausgesehen, als ob er ordentlich verprügelt worden wäre. Es war das einzige Mal in all den Jahren gewesen, dass er Gerd als einen geschlagenen Mann gesehen hatte. Gerd fuhr das zertrümmerte Auto nicht in die Garage. Es sah so aus, als ob er geweint hätte. Auch seine Stimme hatte ganz dünn geklungen und angefressen.

Freudenberg ging in die Hocke und lehnte sich mit dem Rücken an den Stamm. Zwei Nüsse fielen herunter. Gerd hasste den Baum. Es war der Baum, der im Sommer zu viel Schatten warf, und der Baum, der zu viele Nüsse produzierte, die niemand essen wollte, und es war auch der Baum, der im Herbst zu viele Blätter abwarf und den Rasen ringsum abtötete, regelrecht vergiftete. Aber es half alles nichts. Gerd konnte ihn noch so ausgiebig hassen, der Baum stand noch immer, war einfach am Leben geblieben, dank der Mutter. Die Mutter, die sich nur in wenigen Situationen durchsetzen konnte, hatte immer ihre Restkraft, die gar nicht so gering war, wie sie schien, für diesen einen anstrengenden Baum aufgebracht. Freudenberg griff nach einer Nuss, die neben ihm lag, sie steckte in einer weichen, dunkelfauligen Hülle. Seit er denken konnte, war es seine Herbstaufgabe gewesen, die Nüsse und giftigen Blätter so schnell wie möglich vom Rasen zu entfernen. Gerd hatte ihn dafür gelobt, aber das Lob war ihm nichts wert gewesen. Obwohl sie beide den Baum gleichermaßen hassten, hatte dies nie zu einem gemeinsamen Standpunkt geführt. Im Grunde hatte er Gerd nie etwas anvertraut in all den Jahren, nicht einen einzigen Gedanken, der ihm wertvoll erschien. Er war der größte Geizhals der Welt gewesen, er war wie Dagobert Duck gewesen, der in seinem Gedankenspeicher immer nur allein geschwommen war. Freudenberg ließ die Nuss fallen und drückte seine Zigarette am Stamm aus, dann stand er auf. Am Ende war alles sein eigenes Versäumnis gewesen, immer nur sein eigenes, dachte er.

Als er seine Eltern bemerkte, saßen sie schon im Wintergarten. Er hatte eine Weile nicht hingeschaut, jetzt saßen Gerd und die Mutter auf den Wintergartenstühlen und rührten sich nicht. Die weiße Tischdecke zwischen ihnen blendete ein wenig auf, weil die Deckenlampe brannte. Freudenberg betrachtete die hell angestrahlten Gesichter. Zwischen dem Wintergartentisch und der Scheibe stand Mutters Palme. Die Eltern saßen wie immer unter der Palme. Freudenberg musste kurz lachen. Er merkte, dass er sich plötzlich wieder für diese beiden Gesichter interessierte, vielleicht allgemein für Gesichter. Durch das Visier seines Helms hatten die Leute zuletzt immer nur violett und krank ausgesehen. Selbst in den Tankstellen hatte er seinen Helm nie abgesetzt, um nicht erkannt zu werden, nachdem sein Foto in den Zeitungen gewesen war. Und trotzdem musste er immer wieder in die Tankstellen hinein zum Klauen. Er hatte Essen geklaut und die Leute beklaut, um tanken zu können. Auch sein Helm war geklaut. Alles hatte er sich zusammengeklaut. Er hatte das Leben eines Diebes geführt, nichts anderes. Freudenberg hob den Helm vom Boden auf und betrachtete ihn angeekelt. Dann schleuderte er ihn wie ein abgehacktes Körperteil in die Johannisbeersträucher, wo er still liegen blieb.

Es dauerte einige Schwimmzüge auf der blanken Erde, bis Freudenberg die ersten Grashalme erreichte. Er nahm sich Zeit, um unbemerkt an den beleuchteten Wintergarten heranzuschwimmen. Auf dem Rasen ließ es sich besser gleiten als auf der Erde. Er konnte sich nicht erinnern, das Gras im Garten jemals so hoch gesehen zu haben, es reichte ihm bis zur Stirn und berührte sein Gesicht beim Hindurchgleiten mit tausend neugierigen kleinen Fingern. Die Höhe des Grases verriet ihm mehr über den Zustand Gerds als jedes seiner möglichen Gesichter.

Je näher Freudenberg dem Wintergarten kam, desto mehr verschwanden Gerd und die Mutter hinter den Palmfächern. Im Gleiten erinnerte er sich an sein Gleiten als Kind. Viele Jahre lang war er nach dem offiziellen und eher problemlosen Zubettbringen wieder aus dem Bett gestiegen und geglitten. Er hatte sich zentimeterweise auf unterschiedlichen Belägen in Richtung Wohnzimmer, in Richtung Fernseher fortbewegt.

Die Langsamkeit der Bewegung war quälend gewesen, der Film lief und lief, man hörte ihn längst, aber man sah ihn noch nicht. Unendlich viel Zeit hatte er sich nehmen müssen, um sich nicht mit einem einzigen Knacken zu verraten, und wie oft war er im allerletzten Moment doch noch gescheitert und mit einem strengen Wink ins Kinderzimmer zurückgeschickt worden ... zurückgebombt worden, dachte Freudenberg. Ja, genau so hatte es sich angefühlt. Einmal aber hatte der Vater lachen müssen, als er es bis ans Sofa geschafft hatte. Er war den Eltern unmerklich in den Rücken geglitten und nur zufällig entdeckt worden, weil Gerd sich irgendeinen Nachschub aus der Küche holen wollte. Er hatte gelacht und ihn noch zehn Minuten mitgucken lassen, dann hatte er ihn selbst ins Bett gebracht, nicht gebombt. »Altes Schlitzohr« hatte er ihn genannt, und war ihm durch die Haare gefahren, hatte darin herumgerubbelt. Damals war er auf Schlitzohr stolz gewesen, erinnerte sich Freudenberg im Gleiten, er war stolz und zufrieden eingeschlafen. Am nächsten Morgen hatte er Gerd mutig gefragt, wie der Film ausgegangen sei, denn es war ein Katastrophenfilm gewesen, es hatte ein Erdbeben gegeben. Gerd hatte ihm erzählt, die Hauptfiguren hätten alle überlebt, auch der kleine Junge sei am Leben geblieben. Jahre später hatte er den Film im Ganzen gesehen, der Junge hatte tatsächlich überlebt, doch die Eltern waren verschüttet worden und nie wieder aufgetaucht.

Freudenberg war an der Terrassenkante angelangt und sah die Füße der Eltern unter dem Tisch stehen, bewegungslos, wie aus Holz. Er blieb liegen und starrte auf die Füße. Er musste Gerd nachträglich dankbar sein für die Lüge. Damals als gleitendes Kind hätte es ihn angegriffen, sich den kleinen Jungen mit den toten Eltern vorzustellen.

Irgendwann standen sie nahezu gleichzeitig auf. Die Korbstühle verschoben sich auf dem Linoleumboden, aber man hörte kein quietschendes Geräusch wie sonst, weil die Wintergartentür geschlossen war wegen der Mücken. Das Gesicht der Mutter tauchte plötzlich an der Scheibe auf, ein blasser Fisch. Die Stirn sah an der Stelle, wo sie das Glas berührte, eingeschlagen aus, die Augen blickten ins Dunkel. Freudenberg drückte sich fester auf den Boden und fühlte die Grashalme auf seinen Wangen wie Skalpelle. Er schloss die Augen und begann bis fünfzig zu zählen. Als er sie wieder öffnete, stand die Mutter noch immer regungslos da. Ihr Gesicht war wie ausgelöscht und trotzdem war es schön. Freudenberg fing an zu begreifen, dass die Mutter nicht nach draußen blickte, sondern in sich hinein, dass sie blind geworden war für alles, was außen war. Gerd trat von der Seite an sie heran und nahm ihre schlaff herabhängende Hand in seine, dann zog er sie vom Fenster weg und löschte das Licht.

Freudenberg fiel das Atmen schwerer. Etwas behinderte ihn von innen, etwas steckte fest. Er drehte sich auf den Rücken und versuchte, sich auf seine Atmung zu konzentrieren. Er verfolgte einige Flugzeuge und Satelliten am Himmel, der Große Wagen steckte mit seiner Deichsel im Walnussbaum fest. Das Bemühen einer einzelnen Grille war zu hören, sie zirpte gegen eine gewaltige Stille an, die von oben und unten und von allen Seiten zugleich an sie heranreichte. Eine Stille, die aus dem Weltraum kam und aus der Erde, aus dem Haus und aus dem Baum, aus Freudenbergs Eltern und den Johannisbeersträuchern, aus jedem einzelnen Grashalm, von überall her. Eine nicht auszuhaltende Stille. Er richtete sich auf und ging zur Garage. In einem kleinen Übertopf neben der Garagentür lag der Ersatzschlüssel.

7

Freudenberg stand in dem winzigen Vorraum, der als Garderobe diente, und zog seine Schuhe aus. Dann betrat er den Flur. Es war stockfinster, aber der Geruch der Eltern war allgegenwärtig. Er atmete mehrmals tief ein, blieb wieder stehen und wusste nicht weiter. Noch konnte er zurück. Er machte drei Schritte vorwärts, tastete und setzte sich vorsichtig auf den alten gedrechselten Holzstuhl, der neben der Badezimmertür stand. Als Kind hatte er die Mutter einmal gefragt, ob es ein Königsstuhl sei, weil er so prächtig verziert war im Gegensatz zu allen anderen Möbeln im Haus. Sie hatte ihm erklärt, dass es ein Erbstück sei, ein Erbstück ihrer Familie, und dass man sich nicht darauf setzen dürfe, weil die Sitzfläche schon ganz dünn und empfindlich sei, aus Brokat. Brokat, dieses Wort hatte ihm sofort gefallen und es gefiel ihm noch immer. Damals hatte er sich nicht mit der Erklärung der Mutter abfinden wollen: Ob es nicht doch ein Königsstuhl sei, ob man nicht doch von Königen abstamme, hatte er immer wieder gefragt und die Mutter so lange gelöchert, bis sie es irgendwann zugegeben hatte, ja, es sei möglich, dass es ein Königsstuhl sei und ja, es sei möglich, dass sie alle von Königen abstammten... Das hatte ihn damals ungeheuer glücklich gemacht. Viele Jahre lang hatte er sich heimlich auf den Stuhl gesetzt, immer wieder, so oft und so lange, bis ihm klar geworden war, dass alles in diesem Haus und in Mutters und Vaters und seinen eigenen Adern überhaupt nichts mit Königen zu tun haben konnte, niemals.

Freudenberg saß auf dem Königsstuhl neben dem Wandspiegel und sah die Schemen langsam aus der Dunkelheit hervorkriechen: die Treppe, die zum Schlafzimmer der Eltern und zu seinem Zimmer hochführte, den Schirm der Deckenlampe, den Trockenstrauß auf dem chinesischen Schränkchen neben ihm. Die obere Schublade war zur Hälfte herausgezogen: Schlüssel lagen darin, Halstücher und Handschuhe. Eine Armlänge von seinem Kopf entfernt, begann etwas schwach zu glänzen, die Klinke der Badezimmertür. Weiter vorn die Klinke zum Wohnzimmer und ganz hinten, wie ein Glanz von einer fernen Galaxie, die Küchentür.

Freudenberg stand auf und ging über den Flur in die Küche. Er öffnete den Kühlschrank, aß eine Scheibe Käse und schloss ihn wieder. Dann drehte er sich um. Auf dem Küchentisch lagen mehrere Papiere, ihre hellen, rechteckigen Flächen stachen aus dem Dunkel heraus. Freudenberg nahm sie mit zum Kühlschrank, öffnete ihn erneut und überflog die Beileidsbekundungen von Gerds Kollegen und einigen Verwandten. Er ließ die Papiere sinken und starrte in die beleuchteten halb leeren Fächer. Wenn ihn die Mutter jetzt sehen könnte, würde sie ihn auffordern, die Kühlschranktür zu schließen, dachte Freudenberg, sie konnte es nicht ertragen, wenn der Kühlschrank zu lange offen stand. Wenn es nach ihr ginge, müsste man immer schon vorher, bevor man die Kühlschranktür überhaupt öffnete, wissen, was man essen wollte, und die Dinge dann unverzüglich herausnehmen, damit das Kühlaggregat keinen Schaden nahm. Freudenberg schloss die Kühlschranktür und legte die Briefe zurück auf den Tisch. Er blieb stehen. Die Zeiger der Küchenuhr rückten ein Stück vor. Es war kurz nach halb eins. Die Zeiger waren mit Leuchtfarbe beschichtet, warum auch immer. Oder genau deshalb: für diesen einen Moment, in dem er in der Dunkelheit stand und verloren war, dachte Freudenberg. Er machte kehrt und stieg leise die Treppe hinauf.

Die Eltern schliefen. Freudenberg stand neben ihrem Bett und sein Herz raste. Sie lagen beide auf dem Rücken, die Bettdecken fast bis zu den Schultern hochgezogen. Die Arme und Beine drückten sich wie umgefallene Säulen durch den Stoff, einzig Gerds linker Arm war unbedeckt geblieben. Er schlängelte sich unter dem Hals der Mutter hindurch, knickte auf der anderen Seite im Ellbogengelenk ein und lief dann in einen leicht geöffneten Handteller aus. Wie eine hellere Schaufel war Gerds Hand an der dunkleren Schulter der Mutter abgestellt. Sie sahen aus wie ein Liebespaar. Freudenberg beugte sich über sie und achtete auf ihre Atemgeräusche. Gerd pfiff leise, als hätte er eine undichte Stelle im Kopf, die Mutter dagegen war wie ausgeschaltet, vollkommene Mutterstille. Der Wecker auf dem Nachttischschränkchen tickte - tickte so laut, dass sich Freudenberg wunderte, ihn nicht schon vorher gehört zu haben. Hoffentlich wurden die Eltern nicht davon wach. Er ging zum Fenster und schaute in die schwarze Krone des Walnussbaums, die sich leicht im Nachtwind bewegte. Gerd hasste den Baum auch deshalb, weil er zu laut war, vor allem nachts zu laut war. Wegen ihm musste er mit geschlossenem Fenster schlafen. Freudenberg konnte Gerd verstehen, es war wirklich zu stickig. Er drehte sich um und blickte wieder auf das Elternbett: nur Grautöne waren zu erkennen, eine Bleistiftzeichnung. Dann ging sein Blick nach unten. Der neue Teppichboden war noch kurz vorm Urlaub ausgelegt worden - viel bessere Faser, weniger

Abrieb und viel weicher, hatte Gerd gesagt. Als ob alles nachträglich einen Sinn ergeben würde, dachte Freudenberg und bewegte sich lautlos in den weicheren Fasern. Jetzt trat er an die Bettseite der Mutter heran. Wie eine Puppe lag sie da, eine weiße Mutterpuppe. Wie konnte sie überhaupt schlafen? Vielleicht hatte sie etwas eingenommen, Tabletten. Freudenberg musste an eine Zeit denken, in der er so unglücklich gewesen war in der Schule, dass er sich den ganzen Tag lang nur auf die Nacht gefreut hatte, auf die Bewusstlosigkeit, auf ein Fernsein von sich selbst. Jedes Tier brauchte Schlaf, erst recht, wenn es litt, brauchte Träume, tröstende elektrische Ströme. Die Augenlider der Mutter begannen zu zucken. Freudenberg presste die Fingerkuppen an seine Schläfen, aber es war keine Einbildung gewesen, die Mutter träumte tatsächlich. Unter den Augenlidern wälzten sich ihre Augen, pochte ihr Herz. Langsam belebte sich ihr Gesicht im Gegensatz zum restlichen Körper, der hartes unbewegliches Material blieb. Die Mundwinkel gingen zögerlich nach oben. Die Mutter lächelte. Wie eine Madonna, dachte Freudenberg. Mit einem Mal fühlte es sich so an, als ob sein eigener Mund mit dem Mund der Mutter verbunden wäre. Er konnte die eigenen Mundwinkel spüren, die sich mit nach oben zogen. Aber nur kurz. Das Gesicht der Mutter hatte sich schon wieder in größtmögliche Stumpfheit zurückverwandelt. Freudenberg erschrak und wollte nach der Mutter greifen, ihre Träume auffangen, sie selbst auffangen, doch es war zu spät: Ihre Lippen waren fest aufeinandergepresst, waren nur noch Striche, dunkelgraue Linien. Ein Wimmern war zu hören, sehr leise, vibrierend, dann lauter. Gerd lag unbewegt daneben, als ob kein Geräusch mehr zu ihm vordringen könnte, als ob sein Körper zwischen geschlossenen Fenstern läge, in einem gläsernen schallgedämmten Sarg. Jetzt fingen die Nasenflügel der Mutter an zu zucken. Die kleinen Muskeln wirkten wie zwei lebendige Tierchen, zwei Schmetterlingsraupen auf einem Blatt. Das Wimmern wurde lauter und schleifender, als müsste es mit Gewalt aus den Nasenlöchern herausgepresst werden. Vielleicht riecht sie mich im Schlaf, im Traum, dachte Freudenberg, vielleicht ruft sie mich? Vielleicht waren es Tiefseelaute, Wal-Laute, ganz bestimmte Frequenzen, um das Kind wiederzufinden, zu orten? Er musste zu ihr hinschwimmen, zu ihr hintauchen, sofort. Freudenberg versuchte den Arm zu heben, einen Fuß vor den anderen zu setzen, der Mutter die Hand auf die Stirn zu legen, aber es war unmöglich geworden, völlige Starre war eingetreten. Gerds Hand dagegen, die helle Schaufel, die plötzlich wie Tang aussah, begann sich langsam zu regen und strich fächernd am Nachthemd der Mutter entlang. Seine Augen blieben geschlossen, doch die Hand, jetzt wieder ganz Schaufel, schaufelte das Wimmern der Mutter akribisch zurück durch die Nasenlöcher in den dunklen Schädel hinein. Freudenberg fühlte ein Ticken. Der Nachttischwecker tickte und klopfte, schlug auf einmal wie ein Hammer auf ihn ein. Ein rasender Schmerz war zu spüren, aber die Arme und Beine ließen sich wieder bewegen. Freudenberg merkte, dass er rückwärts lief und sich vom Bett entfernte oder das Bett entfernte sich von ihm. Wie auch immer, die Eltern und er waren von Strömungen getrennt worden. Gischt war im Gesicht. Freudenberg wischte darin herum, bis es trocken war. Er verließ das Elternschlafzimmer und betrat sein eigenes Zimmer. Schloss schnell die Tür hinter sich ab, als ob er einem Sturm entkommen wäre.

Unverändert und reglos stand seine alte Welt vor ihm: sein Schreibtisch, sein Kleiderschrank, sein Kastenbett, seine Regale, allesamt IKEA-Möbel mit Birkenholzfurnier. Freudenberg setzte sich im Dunkeln auf die Bettkante, auf seinen Birkensarg, und kniff die Augen zusammen. Auf der Tagesdecke waren die Plüschtiere, die Überlebenden seiner Kindheit, dicht nebeneinander aufgereiht. Er streichelte sie kurz, dann strich er mit den Fingerspitzen über ihre harten Knopfaugen und sie fielen der Reihe nach um. Was war los mit ihnen, wo war ihre innere Stärke geblieben? Freudenberg zuckte mit den Schultern und trat an das Aquarium heran. Er knipste das Licht an und sofort begannen sich die Guppys und Schwertträger hektisch zu bewegen. Sie erkannten ihn nicht, es brach keine Freude aus, einzig Panik. Gerd hatte ihm die Fische vor etwa vier Jahren geschenkt. Die sprechen auch nicht, hatte er gesagt und ihm auf den Rücken gedroschen, wie immer genau zwischen die Schulterblätter. Er selbst hatte die Kleinfische täglich gefüttert und trotzdem war das Aquarium für ihn nicht mehr als ein beleuchtetes Stück Möbel gewesen. Er hatte das Geschenk nie wirklich angenommen. Er griff in eine der Schreibtischschubladen und steckte ein paar Geldscheine ein. Vor einigen Jahren war in der Schule die Frage aufgetaucht, was man aus seinem brennenden Zimmer retten würde, wenn man sich für nur eine Sache entscheiden müsste. Freudenberg hatte es damals nicht sagen können und wusste es auch jetzt nicht. Obwohl gerade alles um ihn herum brannte. Er knipste das Licht im Aquarium wieder aus und verließ den Raum. Kein Wimmern war mehr zu hören. Er lief am Schlafzimmer der Eltern vorbei und dann die Treppe hinunter.

In der Küche angekommen, nahm er sich einen Dosenöffner und einen Löffel aus der oberen Schublade. Danach stieg er die Kellertreppe hinab. Im Keller gab es genügend Konserven. Er öffnete eine Dose Linsen und versteckte den Öffner hinter der Waschmaschine. Hier im Waschkeller standen auch die Mineralwasserflaschen. Freudenberg nahm sich eine. Vieles wurde im Haus nachgezählt, aber Konserven und Mineralwasserflaschen gehörten nicht dazu. Er schloss die Kellertür zum Garten auf und wieder hinter sich zu, dann lief er über die Wiese. Es hatte angefangen zu regnen. Auf dem Nachbargrundstück gab es ein Baumhaus, dort wollte er hin.

Freudenberg saß auf einer alten, blauen Matratze und löffelte kalte Linsensuppe. Überall lagen Kinderschätze herum: Pfeile und Bogen, Puppen, Autos und Federn, eine Steinsammlung. Immer wieder hatte er sich als Kind ein Baumhaus gewünscht, aber nie eins bekommen. Gerd war zum Bau bereit gewesen, die Mutter jedoch hatte es aus Sorge, er könnte herunterfallen, verboten. Die stille Frau hatte sich erneut durchgesetzt. Als der Nachbar vor zwei Jahren ein Baumhaus für seine Kinder gebaut hatte, war es zu spät gewesen, Freudenberg war schon zu groß, um noch mit den winzigen Nachbarskindern zu spielen.

Jetzt wurde der Regen stärker und trommelte aufs Dach. Aber alles blieb trocken. Der Nachbar hatte richtige Dachpappe verbaut, das Dach hielt dicht. Freudenberg verschlang die Linsen und hörte dem Regen zu. Gerd hätte ihm auch so ein gutes, trockenes Baumhaus gebaut, da war er sich sicher. Er legte sich auf die blaue Matratze und folgte mit den Augen den Dachschrägen bis zur Spitze. Ein Baumhaus mit einem spitzen Dach war etwas Besonderes. Freudenberg stellte sich vor, dass er von nun an hier leben würde und musste lächeln. Dann schlief er ein.

8

Ein hysterisches Bellen war zu hören. Freudenberg schlug die Augen auf und sah, dass er noch immer im Baumhaus lag; es war schon Tag. Das Bellen war direkt unter ihm. Er richtete sich langsam auf. Er hatte gestern Nacht nicht an das Mistvieh gedacht, den verfetteten Rauhaardackel des Nachbarn, er hatte ihn ausgeblendet. Jetzt saß er in der Falle. Einmal als Kind hatte er seinen Ball aus der Hecke herausholen wollen und seine Finger hatten nur wenige Zentimeter über die Grenzlinie geragt. Trotzdem hatte Robbi zugeschnappt und nicht lockergelassen, sekundenlang, minutenlang. Die Wunde hatte mit sechs Stichen genäht werden müssen, die Narbe war noch immer zu sehen. Jetzt bellte sich das Mistvieh die verfettete Seele aus dem Leib und wollte ihn anzeigen. Anzeigen wegen Hochverrat. Freudenberg schlug sich mit der Faust auf den Brustkorb, um sein Herz zu beruhigen, um es am besten kurz anzuhalten, aber es ging nicht. Der Nachbar kam in einem dunklen Anzug über den Rasen gelaufen. Freudenberg saß auf der Matratze und blickte durch eine Ritze in der Wand. Jetzt stand der Nachbar genau neben Robbi und schaute nach oben. Das Mistvieh war wie entfesselt. Er versuchte es zu bändigen, doch es bellte ununterbrochen, kratzte am Stamm und stieß die angespitzte Schnauze in die Luft.

Freudenberg zog den Kopf zurück und blickte auf die Bretterwand, die nur einzelne Lichtstrahlen hindurchließ. Es wäre nicht schlimm, wenn man ihn jetzt finden würde, dachte er. Und war er nicht eigentlich zurückgekommen, weil er gefunden werden wollte? Freudenbergs Herzschlag wurde ruhiger. Er schaute wieder durch die Ritze. Wegen jeder verdammten Katze so ein Theater, schimpfte der Nachbar. Er gab Robbi einen kleinen Stoß mit dem Fuß, um ihn vom Baum wegzukriegen. Jetzt legte er ihm die Leine an und zerrte ihn hinter sich her. Freudenberg hörte, wie er ihn noch im Weggehen fragte, ob er Harnsteine habe oder ein Magengeschwür oder warum er immer so gereizt sei. Jetzt verschwanden beide im Haus.

Die Menschen mussten zur Arbeit. Aber was war mit ihm? Was war jetzt seine Arbeit, fragte sich Freudenberg. Nicht länger tot zu sein? Er stand auf und sein Kopf stieß hart an eine der Dachschrägen. Der Schmerz schoss schnell und stumpf ins Gehirn. Er hatte ein Zelt gegen ein Puppenhaus eingetauscht, einen Wald gegen einen einzelnen Baum, er musste schwachsinnig geworden sein, dachte er. Freudenberg ging gebückt zur Tür und sah die Leiter vor sich. Es war Zeit hinunterzusteigen, aber wie würde es weitergehen, wenn er unten angekommen war – wie? Vielleicht ganz einfach: Er würde langsam über den Rasen laufen, nicht rennen, danach durch die Hecke kriechen. Und weiter? Er würde auf das Elternhaus zulaufen, um das ganze Haus herumlaufen, sich schließlich vor die Tür setzen; er würde sich wie ein in Polen verloren gegangener Hund, der endlich zurückgefunden hatte, vor die Elterntür hocken und anfangen zu winseln. Ja, das war es. Seine neue Aufgabe, seine neue Arbeit war, ausgiebig zu winseln, damit man ihn wieder hereinließ.

Als sich Freudenberg der Rückseite des Hauses näherte, hörte er, wie in der Garage der Motor ansprang. Sofort zog sich sein ganzer Körper zusammen, als wäre er ein einziger Muskel. Er rannte gebückt zur Kellertür und schloss hastig auf. Unten an der Treppe stehend, hörte er die Schritte der Mutter oben im Flur. Ein Klicken war zu hören, sie hatte das Licht im Bad gelöscht. Dann der Schlüssel im Haustürschloss. Freudenberg rannte nach oben in die Küche und blickte in den Vorgarten und auf die Straße. Die schwarzen Figuren bewegten sich langsam vor seinen Augen. Er wollte sofort rausstürzen und sie aufhalten, aber etwas hielt ihn zurück, etwas unsichtbares Schweres, er konnte nur bewegungslos zuschauen. Der Vater hatte den Ford aus der Garage auf die Straße gefahren und das Tor wieder geschlossen. Jetzt hielt er der Mutter die Beifahrertür auf und küsste ihr flüchtig auf die Wange, die wie schneebedeckt aussah. Als auch Gerd in das Auto einstieg, wurde es innen schwarz, nur zwei weiße Punkte blendeten auf, zwei Elterngesichter, winzig, wie geschrumpft, umrahmt von rotem Blech. Jetzt sofort musste er raus, sofort, befahl sich Freudenberg, doch er bekam keine Luft mehr. Gerd bediente den Automatikhebel, legte der Mutter die Hand auf den Schoß, ließ sie dort liegen und fuhr einhändig los. Er rollte langsam an und fuhr dann stockend aus dem Rahmen heraus. Freudenberg rührte sich nicht. Was zurückblieb, war banal: ein Streifen blauer Himmel, eine gelbe Sonne, ein Haus mit rotem Spitzdach, ein Garten mit bunten Blumen, ein brauner Zaun. So grausam malten nur Kinder und nur ihre Eltern hoben diese grausamen Bilder auch noch auf. Aber heute verbuddelten sie ihr grausames Kind, heute verbuddelten sie ihn, begriff Freudenberg, sie waren losgefahren, um ihn für immer zu verbuddeln. Er zuckte zusammen. Dann roch er an seiner Hand und an seinem Arm. Er roch tatsächlich schon nach Erde; nicht nur seine Sachen rochen danach, auch seine Haut.

Nachdem Freudenberg in die Wanne gestiegen war, fing sein rechter Arm wieder an zu brennen. Er zog ihn heraus und ließ ihn wie einen toten Ast über den Wannenrand hängen. Das übrige Fleisch bekam eine Gänsehaut unter Wasser, aber nur so lange, bis sich alle Muskeln entspannt hatten. Das Wasser war klar und heiß. Freudenberg rutschte nach unten und ließ sich die Wasserscheibe bis zum Hals stehen. Er krümmte sich ein wenig, dann tauchte er auch mit dem Kopf unter. Als er wieder auftauchte, tropfte sein Gesicht – sein Totenschädel, dachte Freudenberg – als ob lauter kleine Fleischstücke von ihm abfallen würden. Es kitzelte. Die Jalousien waren nahezu geschlossen, Staubkörner tanzten in den wenigen Lichtfächern. Freudenberg schloss die Augen und versuchte an nichts zu denken, was ihm nicht gelang.

Nach einer Weile richtete er sich auf, weil er merkte, dass er zitterte. Entweder war das Wasser schon zu kalt geworden, was in der kurzen Zeit fast unmöglich war, oder etwas stimmte nicht mit seiner Haut, mit seinem Thermometer in der Haut. Oder mit seinem Gehirn. Er öffnete die Augen. Er konnte keine eindeutige Ursache für sein Zittern finden. Oder vielmehr: Er konnte überhaupt keine Ursache mehr finden für irgendwas. Wozu war ein Gehirn eigentlich da? Im Grunde konnte man nichts damit anfangen, nichts wirklich wissen. Auch die Wissenschaft tappte nach wie vor im Dunkeln. Das Gehirn war eine organische Maschine, aber dass die Maschine die Maschine, das Organ das Organ versteht, war scheinbar nicht beabsichtigt. Nicht beabsichtigt von wem auch immer. Die Katze drehte sich ununterbrochen im Kreis, jagte dem eigenen Schwanz nach, ohne ihn je zu erwischen. Das Leben nur ein Zustand größtmöglicher Beschränkung und geistiger Dürftigkeit, verbunden mit Schwerkraft und Mundgeruch und einfachsten

Lochkameras, Augen genannt. Freudenberg musste niesen. Sein rechter Arm fiel ihm ein, der noch immer am Wannenrand herunterhing. Er zog ihn ins Wasser zurück. Der Arm brannte nicht mehr und auch das Zittern hatte aufgehört. Freudenberg wollte weiterdenken, doch er fand nicht mehr zu der vorherigen Verbindung zurück, es war vorbei. Er hatte Luft geholt und gedacht *das Zittern hat aufgehört* und genau das war schon die neue Verbindung gewesen. Die alte hatte sich aufgelöst in den Tiefen seines Gehirns. Es war wie beim Tauchen: Wenn man nicht umkommen wollte, musste man auftauchen und Luft holen. Es war unmöglich, die Luft und die Gedanken länger anzuhalten, man erstickte daran.

Freudenberg betrachtete sein schlaffes Glied, das unter Wasser schlief wie eine winzige Muräne. Er begann lustlos daran zu reiben und starrte dabei auf ein rotes Handtuch, das neben dem Waschbecken hing. Das Blut wollte nicht hineinfließen und er riss immer heftiger an seinem Schwanz herum. Als es ihm kam, dachte er an nichts. Wie immer an nichts. Nur eine Sekunde lang. Eine kleine Pfütze war an die Oberfläche gestiegen. Freudenberg sah, wie sie ranzig wurde, wie das Eiweiß im Badeschaum verklumpte, allmählich wie Eierstich aussah. Er stieg aus der Wanne heraus. An seinem Bein klebten noch Eiweißfädchen, die sich in der Behaarung verfangen hatten. Er rieb sich angeekelt mit einem Handtuch ab und spülte die Wanne gründlich aus, dann zog er sich an.

Auch mit frischen Sachen fühlte sich Freudenberg nicht wie ein frischer Mensch, nur wie ein frischer Toter. Es gefiel ihm nicht, essen zu müssen, er tat es trotzdem. Er hatte sich eine Konserve heiß gemacht und den Fernseher eingeschaltet. Die Formel-1-Wagen fuhren im Kreis, also war es Sonntag, man verbuddelte ihn an einem Sonntag. Ab und an gab es einen

Motorschaden oder einen Unfall. Die Ferraris waren noch beide im Rennen, Michael Schumacher lag auf Platz drei, aber hatte schon den zweiten Boxenstopp hinter sich. Das Ferrari-Rot leuchtete unter der spanischen Sonne wie ausgelaufenes Blut. Freudenberg löffelte einen serbischen Feuertopf, den Gerd bevorzugt als Nahrungsreserve im Kellerregal angehäuft hatte. Mutter kochte gut und doch gab es diese Konservenhaufen im Keller, die immer wieder von Gerd aufgefüllt wurden. Einmal hatten sie beide, Gerd und er, über die Konserven lachen müssen. Er hatte Gerd gefragt, ob er Angst vor einem Atomkrieg habe. Sie hatten beide gelacht und Mutter hatte sich darüber so sehr gefreut, dass sie ihnen ein Festessen zubereitet hatte, obwohl es mitten in der Woche gewesen war.

Freudenberg aß den serbischen Feuertopf und trank Leitungswasser. Schumacher machte einen Fahrfehler und rutschte ins Kiesbett, irgendwelche Plastikteile flogen durchs Bild. Zeitlupe, Kommentare, die Spoiler waren weg, die Radaufhängung sah kritisch aus. Schumacher rollte zur Boxengasse, es war vorbei. Freudenberg stellte den leeren Teller auf den Sesselrand und schaltete den Fernseher aus. Dann ging er in die Küche und spülte Teller und Besteck ab, stellte alles ordentlich zurück in den Schrank. Nachdem er einen letzten Kontrollgang im Bad gemacht hatte, ein frisches Badetuch hingehängt und die Wanne mit dem alten Handtuch trocken gerieben hatte, setzte er sich neben das Küchenfenster und blickte in den Vorgarten.

Die wild zugeflogenen Malven hatten sich wie jedes Jahr neben dem Eingang verwurzelt und waren über zwei Meter in die Höhe geschossen. Freudenberg liebte Malven. Malven waren niemals so angeberisch wie Rosen. Nur zu gerne hätte er jetzt neben ihnen gestanden, um ihre Blüten aus der Nähe zu betrachten, aber er traute sich nicht. Und trotzdem sah er vor seinem inneren Auge ihre Struktur. Sah sie plötzlich so genau, wie er es selbst nicht für möglich gehalten hatte. Er sah die feine Äderung in den großflächigen Blütenblättern, die ihnen den Anschein von Durchblutung gab, und weiter unten die hellgrünen Kelche, in deren flachen Trichtern sich alle Blütenblätter zusammenfügten. Aber nicht lückenlos zusammenfügten: Zwischen den einzelnen Blütenblättern entstanden in gleichmäßigen Abständen kleine ovale Löcher. Diese Löcher waren sternförmig angeordnete Fensterchen, durch die das Sonnenlicht wie durch eine grüne Scherbe von hinten in den Blütenkelch hineinschien, um allen Staubfäden einen matten Glanz zu verleihen. Alle Staubfäden wiederum waren zu einer einzigen Säule gebündelt. Erst ab der mittleren Säulenhöhe ragten die ersten Staubbeutel seitlich aus der Säule heraus, was sich nach oben hin immer weiter fortsetzte. Immer mehr Staubbeutel knickten aus der Säule heraus nach allen Seiten und beugten sich nach unten wie eine angehaltene Fontäne ... Freudenberg wurde abgelenkt und beobachtete seine rechte Hand, wie sie die Obstschale auf dem Küchentisch ein Stück verrückte und nach einer ausgeschnittenen Zeitungsseite griff. Als ob man es nicht lange aushalten würde, nur an Schönheit zu denken, dachte Freudenberg. Die Anzeige war weder besonders klein noch besonders groß, sie war gutes Mittelmaß. Freudenberg las: »*Wer im Gedächtnis seiner Lieben lebt, der ist nicht tot, der ist nur fern. Tot ist nur, wer vergessen wird. Am 2. August 2006 wurde unser lieber Sohn ...*«, Freudenberg las seinen Namen neben einer Rose, »*aus seinem jungen Leben gerissen. In Liebe und Trauer nehmen Abschied ...*« Freudenberg faltete die Seite zusammen. Er war komplett erledigt, funkte ihm sein Gehirn, komplett erledigt.

9

Freudenberg saß im Anhänger und sah die Alten im Vorbeifahren wie aufgefädelt am Waldrand sitzen. Er fragte sich, ob es die gleichen Alten waren, die er auf der Lichtung gesehen hatte und die einen anderen, kürzeren Weg zur Straße genommen hatten, aber er konnte ihre Gesichter nicht deutlich erkennen. Das Moped kämpfte mit Zündaussetzern und Freudenberg blickte abwechselnd nach unten auf die Straße, die sich ruckweise verschob, und dann wieder nach vorn. Vor ihm saß Maja in einer Wolke von Abgasen, die ihre Haare bläulich erscheinen ließ. Manchmal drehte sie sich zu ihm um, lachte und schrie etwas, das in dem Krach sofort unterging. Sie wirkte im Ganzen wie ein Hologramm, das man nicht zu fassen bekam.

Freudenberg hatte die Körbe zwischen die Beine geklemmt und hielt sich an den seitlichen Holzbrettern fest. In engeren Kurven hob ein Rad des Anhängers immer ein wenig ab und Freudenberg sah seine Fingerknöchel auf der Oberkante der Seitenwände weiß hervortreten. Er versuchte, sich so gut es ging um die Körbe zu kümmern, sie zurechtzurücken, sie noch fester gedrückt zu halten zwischen den Beinen, doch in jeder Kurve kullerten Beeren heraus. Er wurde zunehmend nervös und hätte am liebsten geraucht, aber er hatte keine Hand dafür frei. Manchmal blitzte ein See hinter den rostfarbenen Stämmen auf und einmal fuhren sie an einer Zaunanlage vorbei, die so hoch war, dass man denken konnte, in dieser Gegend gäbe es noch Saurier.

Als der Wald endlich aufriss, war Freudenberg erleichtert. Auch wenn sich die Sonne wie eine brütende Henne auf seine Stirn setzte, war er doch froh, wieder den Horizont zu sehen. Das Moped erreichte seine Endgeschwindigkeit zwischen den Feldern. Der Auspuff hustete kaum noch und Majas Zopf richtete sich im Fahrtwind auf, bis er glatt und ruhig in der Luft lag.

Sie fuhren entlang von Bahngleisen, überquerten sie mehrmals, fuhren mal rechts, mal links davon, als ob sich die Straße nicht für eine Seite entscheiden könnte. Ruinen von Kuhställen tauchten auf. Freudenberg blickte im Vorbeifahren durch die geöffneten Wände in die kuhlose Leere hinein. Es folgte ein kleines Dorf mit heruntergekommenen Häusern und Gärten. Malven waren zu erkennen, Gerd nannte sie immer nur Stockrosen. Ein Wort wie *Malve* klang wunderbar sanft im Mund, ein Wort wie *Stockrose* dagegen widerlich hart und verstockt. Trotz der Blumen und Gemüsebeete, die jetzt auch zu erkennen waren, wirkte das Dorf wie ausgestorben. Nirgendwo sah man Menschen oder Tiere. Vielleicht lag es an der Mittagshitze. Alles, was aus Stein war, flimmerte.

Sie verließen das Dorf und fuhren weiter auf einer schmalen Kastanienallee, die meisten Blätter waren bereits braun und vertrocknet. Freudenberg erinnerte sich, dass es eine bestimmte Mottenart gab, eine Miniermotte, die alle Kastanienbäume dieser Welt angriff, sie zwar nicht tötete, aber um ihre Schönheit brachte wie eine böse Macht. Maja drehte sich kurz um und zeigte lächelnd nach rechts und links. Auf den Wiesen und Feldern standen Zusammenballungen aus Buschwerk und verkrüppelten Bäumen, die wie Inseln wirkten. Freudenberg hatte sie schon gestern bei der Anreise vom Auto aus gesehen. *Gestern*, wie seltsam dieses Wort jetzt klang. Er hatte an Verstecke denken müssen und dachte auch jetzt an Verstecke, vielleicht gab es Tiere darin, Kühe und Schweine, vielleicht ja auch Menschen, vielleicht ja alle Tiere und Menschen aus allen angrenzenden Dörfern zusammen. Vielleicht waren diese Zusammenballungen, diese Buden, die einzigen Orte, wo es sich überhaupt noch aushalten ließ in dieser Hitze. Freudenberg schloss die Augen und versuchte sich zu entspannen, weil er merkte, dass er Kopfschmerzen bekam. Er glitt durch ein Land, das in einen tiefen Schlaf gesunken war und ihm zuflüsterte, er solle ebenfalls schlafen.

Als Maja abbremste, öffnete Freudenberg wieder die Augen. Sie überquerten eine breitere Straße. Freudenberg sah andere Fahrzeuge und war überrascht, darin normale Lebewesen zu erkennen. Außerdem fiel sein Blick auf zwei blaue Brückenbögen, auf die die Hauptstraße nach links zulief. Er erinnerte sich, dass er über diese Brücke mit den Eltern gekommen war. Maja bremste noch stärker ab, als sie das Ortsschild von Wollin erreichten, drehte sich um und brüllte ihm etwas zu. Aber Freudenberg verstand nichts, es klang wie schepperndes Metall. Ihr Zopf lag wieder im Nacken und sie fuhren langsam die Hauptstraße entlang.

In Wollin standen die Menschen vereinzelt in allen möglichen Größen herum. Aber was sollte das eigentlich bedeuten, fragte sich Freudenberg noch im selben Moment, als er es dachte. Er versuchte sich zu konzentrieren, um einen klareren Gedanken fassen zu können, es fiel ihm nicht leicht. In Wollin schienen sich die Menschen kaum merklich zu bewegen, dachte Freudenberg weiter, denn bewegen mussten sie sich ja, es konnten nicht alle gleichzeitig herumstehen, das war unmöglich.

Doch ganz sicher war er sich nicht. Leichter zu erkennen war, dass die Leute auf den Gehwegen lange Hosen und Kleider, Hemden und Blusen trugen, auch vereinzelt T-Shirts, aber nichts sah nach Badebetrieb aus. Auf einer Hauswand las Freudenberg den Schriftzug *Hotel*. Es gab einen Pfeil darunter und die Entfernungsangabe zehn Meter, was ihm lächerlich vorkam. Er drehte sich im Vorbeifahren um, doch sah nirgendwo ein Hotel.

Auch auf dem Marktplatz waren nur wenige Menschen. Es gab einen Wochenmarkt, der in der Mittagsglut schattenlos dalag, weil der Kirchturm seinen raketenhaften Schatten genau in die andere Richtung warf. Alles schien verstummt, obwohl die Leute in den Waren herumstöberten. Man sah ausgelegte Felle und Geweihe neben Obst und Gemüse aller Art, Backwaren und Fleisch. Maja fuhr weiter und hielt schließlich in einem Wohngebiet, einer weiträumigen Neubausiedlung.

Freudenberg, dem es die ganze Fahrt über noch annähernd logisch erschienen war, als ein Totgeglaubter in einem Anhänger zu hocken und von einem rothaarigen Mädchen auf einem knatternden Moped durch die Landschaft gefahren zu werden, ohne zu wissen wohin, verstand sich nun für einen Moment, steifbeinig aus dem Anhänger steigend und wieder die Erde betretend, überhaupt nicht mehr. Maja schien es zu bemerken und grinste. Sie zeigte mit dem Finger auf die Körbe, die noch im Anhänger standen, und lief zu einem der Hauseingänge voraus. Freudenberg schaute sich um, sah die heruntergekommenen Häuser und folgte ihr dann mit den Körben. Erst im Laufen merkte er, dass er sich in die Enge getrieben fühlte. Gerade noch waren ihm all diese Häuser neutral vorgekommen, doch jetzt, mit jedem weiteren Schritt, stellten sie sich ihm von allen Seiten dunkel und abweisend in den Weg. Er blickte hilfesuchend nach oben, aber auch der Himmel schien nicht mehr offen und strahlend zu sein.

Als Freudenberg im Treppenhaus ankam, blieb er stehen und betrachtete die Briefkästen. Sie waren aus Holz und sahen aus wie Vogelhäuschen. Aber nicht nur mit einem Loch, sondern mit einer ganzen Reihe von Löchern. Darunter hing ein Heizkörper mit roten Rippen. An den Rippen wiederum hingen dicke, geronnene Tropfen. Plötzlich hörte er über sich ein leises Knistern und gleich darauf spürte er etwas auf seinem Kopf, etwas sehr Leichtes. Er stellte einen der Körbe ab und griff sich in die Haare. Es waren Spuren von alter Farbe, kleine graubraune Splitter in seiner Hand. Er ließ sie zu Boden fallen und blickte Maja an, die auf dem Treppenabsatz über ihm stand. Sie hatte ihn die ganze Zeit beobachtet. Jetzt kam sie die wenigen Stufen wieder herunter und nahm ihm einen der Körbe ab. Danach griff sie unvermittelt nach seiner Hand.

Im Treppenhaus roch es nach Essen, nach Kohlrouladen, und obwohl Freudenberg Kohlrouladen hasste, flößte ihm der Geruch in diesem Moment Vertrauen ein. Maja schloss eine der Erdgeschosswohnungen auf und Freudenberg folgte ihr in den Flur, dann in die Küche, die schmal geschnitten war. Der Kohlgeruch war augenblicklich verschwunden. Stattdessen roch es nach Meer, nach Algen und Salz, überall schien Meerluft zu sein in diesem winzigen Raum. Als Maja ihren Korb auf dem Küchentisch abstellte, bemerkte Freudenberg, dass seine Hand noch immer in Majas Hand lag und zog sie erschrocken zurück. Maja musste lachen und schloss das Küchenfenster, das angekippt war. Jetzt schob sie sich wortlos an ihm vorbei und lief zurück in den Flur.

Freudenberg blickte sich um. Alle Möbel waren weiß. Auch der Boden war weiß und sehr sauber. Die ganze Kücheneinrichtung wirkte wie neu, obwohl sie nicht mehr modern war. Als er um die Ecke in den Flur schaute, sah er Maja, die ihren Kopf durch eine halboffene Tür steckte. Sie sprach mit einer anderen Person in einem anderen Raum und Freudenberg blieb stehen und war peinlich berührt, ohne zu wissen, warum. Er starrte Majas Hinterkopf an und rührte sich nicht vom Fleck. Nach einer Weile zog Maja ihren Kopf zurück, sah ihn dastehen und gab ihm ein Zeichen, in der Küche auf sie zu warten. Dann trat sie ins Zimmer und schloss die Tür hinter sich ab.

Freudenberg hörte deutlich das Ticken einer Uhr. Im Flur gab es eine leere Garderobe, einen leeren Schirmständer, ein leeres Tischchen, keinen Spiegel und auch keine Uhr. Im Grunde nichts, was den Blick festhielt. Es tickte noch immer. Freudenberg betrachtete die Tür, hinter der Maja verschwunden war. Im oberen Drittel war eine Milchglasscheibe eingefasst. Ein leicht verzogenes Lichtviereck fiel auf den hellgrauen Teppichboden. Die anderen Türen, die vom Flur abgingen, hatten keine Scheiben, wirkten abweisend glatt und kalt. Vielleicht waren es diese glatten und weißen Flächen, die so unangenehm tickten, dachte Freudenberg. Er versuchte, eine zweite Stimme aus dem Gemurmel hinter der Tür herauszuhören, aber er hörte nur Majas Stimme. Jetzt fiel sein Blick auf die Wohnungstür, die immer noch offen stand. Auf keinen Fall wollte er hingehen und sie schließen. Er ging zurück in die Küche und schaute kurz aus dem Fenster. Ein rostiges Klettergerüst, das er beim Ankommen gar nicht bemerkt hatte, stand genau in der Mitte der Wohnanlage. Er musste blind gewesen sein, blind vor Unruhe. Er setzte sich auf einen der Plastikstühle und blickte auf sein leeres Handgelenk ohne Uhr. Immer wieder vergaß er, dass er keine Uhr mehr hatte. Eine Küchenuhr gab es auch nicht. Aber woher kam dann dieses Ticken?

Warum er den Kühlschrank öffnete, konnte Freudenberg sich selbst nicht erklären, denn er hatte keinen Hunger mehr, doch als er nichts darin fand außer dem Licht, das brannte, begriff er, dass er hineingeschaut hatte, um sich ganz sicher zu sein: Diese Küche machte einen vollkommen unbewohnten Eindruck. Das Ticken hatte aufgehört. Freudenberg öffnete der Reihe nach alle Küchenschränke. Auch hier gab es keine Lebensmittel, nur weißes Geschirr, Tassen und Teller, keine Gläser. Im Abfalleimer lagen faulige Heidelbeeren. Freudenberg setzte sich zurück an den Küchentisch und schaute unter die Tischdecke, was lächerlich war. Majas Stimme nebenan wurde plötzlich lauter, aber nur kurz, dann schwächte sie sich wieder zu einem Murmeln ab.

Freudenberg kam nicht zur Ruhe. Er stand auf, trank einen Schluck Leitungswasser über der Spüle und streifte einige Flächen mit der Hand ab. Nirgendwo lag Staub. Aber der Elektroherd war noch warm. Freudenberg kniete sich hin und öffnete die Ofenklappe: gestaute Heißluft kam ihm entgegen. Er steckte den Kopf in den Herd und musste an Hänsel und Gretel denken. Vielleicht war er in einem Hexenhaus gelandet? Im Herd selbst war nichts zu riechen, kein Essen, kein Menschenfleisch. Freudenberg stand auf und ging zum Fenster, das noch immer geschlossen war. Schließlich lief er zum Küchentisch zurück, griff in einen der Körbe und aß eine Hand voll Beeren. Sofort lief er zum Abfalleimer und spuckte alles wieder aus. Die Beeren hatten faulig und nach Exkrementen geschmeckt.

Majas Stimme wurde erneut laut, diesmal auch höher. Freudenberg hatte den Eindruck, einen heftigen Streit zu hören. Aber mit wem wurde gestritten, wer wohnte in dieser Wohnung? Freudenberg trat in den Flur und stellte sich neben die Tür mit der Milchglasscheibe. Er drückte sich fest an die Wand und versuchte seitlich durchs Glas zu blicken, es war nichts zu erkennen: keine Bewegungen, keine Schemen von Möbeln oder

Gegenständen, auch keine roten Haare. Nur Tageslicht kam ungehindert hindurch und schwappte in den Flur. Maja schrie jetzt und Freudenberg hörte wieder das polnische Wort heraus, das er verstand und das ihn schon einmal erschreckt hatte: *Tourist.* Er ging schnell von der Tür weg und lief zurück in die Küche. Dort zündete er sich eine Zigarette an und aschte vorsichtig auf seiner Handfläche ab. Dann ging alles sehr schnell: Die Milchglastür sprang auf, Maja stürzte im Flur vorbei, ohne ihn anzublicken, die Wohnungstür schlug zu und vollkommene Stille trat ein.

Freudenberg spürte, wie sein Herz zu rasen anfing, Schweiß brach aus, sogar aus den Fingerspitzen. Er wusste nicht wohin mit der Zigarette und drückte sie in einem der Körbe aus. Es zischte nur leise, doch das Geräusch kam ihm so laut vor, dass er sich augenblicklich ertappt fühlte. Er musste weg von hier. Nebenan war jemand, dem diese Küche gehörte, jemand, der angeschrien worden war, aber selbst unhörbar blieb. Freudenberg begann zu zittern. Er wollte nicht mehr warten, keine Sekunde länger. Andererseits wollte er kein einziges Geräusch mehr machen. Auch wenn er sich schon verraten hatte, wollte er sich nicht noch einmal verraten, was unlogisch war, und trotzdem war es wie ein Befehl, den er sich selbst gab. Er saß in der hintersten Ecke der Küche auf seinem Plastikstuhl und verfiel in Starre. Nur seine Hände ließen sich noch ein wenig bewegen. Er bohrte sich den Zeigefinger in die Schläfe, so fest, dass er seine Beine allmählich wieder fühlen und strecken konnte. Dann stand er lautlos auf und trat ans Fenster. Nur noch ein einziges Geräusch musste er machen, nur noch ein letztes, danach konnte er aus dem Fenster springen. Er sah seine weißen, kaum durchbluteten Hände am Fenstergriff, der Schweiß lief ihm übers Gesicht ... worauf wartete er noch? Freudenberg riss am

Griff und erschrak noch im Reißen über die Heftigkeit des Geräusches, als ob ein Zug entgleiste. Das Fenster war nur an der Oberkante einen Spalt breit aufgegangen. Er schlug es wieder zu und versuchte durch Drehen am Griff das Fenster im Ganzen zu öffnen, aber es öffnete sich erneut nur einen Spalt breit. Diesmal waren die Geräusche wie Sirenen. Panik flutete seinen Körper, seine Hand krampfte, zog und rüttelte wie wahnsinnig am Fenstergriff. Die ganze Hand wie der Rüttelflug eines eingesperrten Greifvogels oder war es das beschädigte Stromkabel einer ganzen Stadt, einer riesigen Metropole, das plötzlich in seinem Arm steckte? Er konnte nicht mehr loslassen. Ich kann nicht mehr loslassen, dachte Freudenberg, jetzt loszulassen wäre der Tod. Er riss immer weiter am Fenstergriff und immer heftiger, solange bis jemand oder etwas sich seiner erbarmte, oder scheinbar erbarmte, und seine Hand löste, sie öffnete wie ein Fangeisen.

Auf der Strecke über die Felder zurück in den Wald, glaubte Freudenberg sich zu erinnern. Nicht er selbst war es gewesen, der aus der Küche gerannt war, sondern der andere. Nur der andere war der Umklammerung entkommen, während er selbst am Fenstergriff gestorben war. Nur der andere war in den Flur gerannt und hatte nach der Klinke der Wohnungstür gegriffen, ohne sich umzudrehen, und nur der andere hatte hinter sich etwas wahrgenommen, etwas sich schnell Ausbreitendes, Kaltes, etwas, das nach Meer und Moder gerochen hatte. Und nur der andere war von Majas Blick aufgehalten worden, als er sich zwischen den Wohnblöcken hindurchdrücken wollte, obwohl dieser Blick hart und verschlossen gewesen war. Nur dieser andere war stehen geblieben und hatte sich wieder beruhigen lassen.

Der Wald öffnete sich und Maja drehte sich zu ihm um. Ihr Gesicht schien alle Härte verloren zu haben. Sie griff sich mit einer Hand an den Zopf und zog das Gummiband heraus, sodass ihre Haare im Fahrtwind zu toben anfingen. Freudenberg konnte sich nicht erinnern, dass ihre Haare vorher so lang gewesen waren. Er berührte seine Schläfen und drückte seine Fingerspitzen hinein, aber diesmal nur leicht. Die stämmige Masse des Waldes tat seinem Kopf gut, stützte und stabilisierte ihn wie einen Bergstollen, der gerade noch kurz vorm Zusammenbruch gestanden hatte.

Sie kamen an der Stelle vorbei, wo die alten Frauen am Straßenrand gesessen hatten, jetzt waren die Alten verschwunden. Freudenberg lehnte sich im Anhänger zurück. Er schaute nach oben in die Baumkronen, in den Himmel und kam sich vor wie ein Säugling, der spazieren gefahren wurde. Bevor ein Mensch anfing zu laufen, schaute er fast ununterbrochen in den Himmel, dachte Freudenberg, aber sobald er lief, nur noch sehr selten, nur noch für Sekunden, um nicht zu stolpern und sich in dieser Welt zu verletzen. Aber verletzte einen diese Welt nicht umso mehr, je genauer man sie sich anschaute und je weniger man in den Himmel blickte? Freudenberg wurde aus seinem Gedankengang gerissen, als es anfing zu rumpeln. Maja war von der Straße abgebogen und hatte einen schmalen Waldweg eingeschlagen. Auf der linken Seite glänzte ein kleiner See zwischen den Kiefernstämmen. Sie fuhren entlang der Uferböschung und die über den Weg ziehenden Wurzeln ließen Freudenberg immer wieder hochhüpfen. Er kam sich vor wie eine Witzfigur. Die Waldbühne begann sich zu drehen. Aus einem Kiefernwald wurde ein Birkenwäldchen. Alles wurde heller. Auch lauter. Der Uferweg war jetzt so schmal, dass der linke Gummireifen des Anhängers raschelnd durchs Gebüsch rollte. Ein Stockentenpaar flog panisch auf und Freudenberg zuckte zusammen. Er drehte sich von der Uferseite weg, um nicht noch einmal erschreckt zu werden, falls es noch mehr Enten gab. Er blickte auf die vorbeiziehenden weißen Stämme. Maja bog nach links ab und fuhr auf eine Landzunge, die sich weit in den See hineinstreckte. Die Stämme wurden immer dünner, wurden Stämmchen, bis sie an der Spitze der Landzunge sogar aufhörten Stämmchen zu sein. Als Freudenberg aus dem Anhänger stieg, hatte er den Eindruck, in ein Birkengespinst zu treten: Nur noch feinste, weiße Fäden waren zu sehen.

10

Sie standen am Ufer und der See rührte sich nicht. Die Oberfläche war glatt, wie zugefroren. Ganz in der Nähe gab es ein
Zelt. Maja blickte schweigend aufs Wasser und doch schien es
Freudenberg, als ob sie ihm gerade jetzt zuflüsterte: Schau dich
ruhig um, hier ist mein Reich.

Freudenberg zog zwei Zigaretten aus der Packung und war
von sich selbst überrascht, dass er Maja eine davon dicht an
den Mund hielt und als sie nickte, sogar zwischen die leicht
geöffneten Lippen schob. Als er ihr Feuer gab, fühlte er, dass er
rot geworden war, sein ganzes Gesicht brannte. Maja schien es
nicht zu bemerken. Sie schaute weiter auf den See und rauchte
in gleichmäßigen Zügen. Freudenberg folgte ihrem Blick, ohne
zu wissen, wohin. Dieser Blick war wie ein flirrender Traum.
Freudenberg spürte ein leichtes Zucken in der rechten Hand. Er
blickte weiter auf den See und versuchte zu begreifen, welche
Färbung er hatte, denn die Färbung berauschte ihn. Vielleicht
war es türkis. Maja schaute ihn von der Seite an und fragte: »Türkis?« Freudenberg war erstaunt, weil er kein Wort gesagt hatte.
Oder hatte er *türkis* nicht nur gedacht, sondern auch gesagt? Er
konnte sich die Frage nicht mehr mit Sicherheit beantworten.
Als ob die Grenze zwischen Gedanken und Worten auf einmal

verwischt wäre. Maja fragte erneut:»Türkis«, und diesmal klang es wie ein Befehl, ein Befehl, ihr zu antworten. Aber was sollte er antworten? Freudenberg zeigte auf den See und Maja blickte ihn verwundert an. Vielleicht hieß türkis ja gar nicht türkis auf Polnisch, dachte Freudenberg. Er griff ins Wasser, rührte ein wenig darin herum und sagte leise »türkis«. Maja hob die Schultern und man konnte in ihre Schlüsselbeinmulden hineinschauen wie in kleine Brunnen. Sie sah ihn noch immer ernst und fragend an. Freudenberg riss einen Grashalm ab und blickte nach oben. Der Himmel begann sich rötlich einzufärben. Er hielt den Grashalm vor eine letzte Scherbe von Blau und machte eine vermischende Bewegung mit der Hand und sagte noch einmal »türkis«, aber diesmal lauter. Doch schon im selben Moment begriff er, dass Maja in einem Winkel zu ihm stand, der es ihr gar nicht erlaubte, seinen Grashalm vor einem Stück blauem Himmel zu sehen und an Farbvermischung zu denken. Es war ein sinnloses Unterfangen.»Türkis?«, fragte Maja schon wieder und schaute ihn sichtlich verärgert an. Inzwischen musste sie sich veralbert vorkommen. Freudenberg bereute seine Geschwätzigkeit, hockte sich hin und schwieg. Wieder war er in dem Moment, wo er zu sprechen begonnen hatte, in Schwierigkeiten geraten. Er wollte seine Hand erneut ins Wasser halten, aber ließ es dann bleiben: Der See war zum Gegenstand eines völlig missglückten Gesprächs geworden und kam ihm plötzlich verschmutzt vor. Sein Spiegelbild starrte ihm im Wasser entgegen. Es sah aus wie Marek. Er riss ein Büschel Gras heraus und wollte es auf die Wasserfläche werfen, als er sah, dass der See schon gar nicht mehr türkis war. Das Licht hatte ihn verändert. Jetzt war blau zu erklären. Aber blau zu erklären war genauso lächerlich wie türkis zu erklären, vielleicht noch lächerlicher. Freudenberg legte das Grasbüschel auf den Boden zurück und hob mehrmals die Schultern, als würde er sagen: Ich gebe auf, ich habe versagt, verzeih mir! Maja jedoch schien zu verstehen: Es ist zwecklos, es hat keinen Sinn mit dir, lass mich! Ihre Augen wurden schlagartig wütend und kalt. Wie Gletscher, dachte Freudenberg. Er hielt ihren Blicken stand, aber nicht aus Stärke, sondern aus Schwäche. Ja, es war eindeutig Schwäche, spürte er, die seine Muskeln gelähmt hielt und seine Augen zurückstarren ließ. Jetzt ließ sie ab von ihm. Wie ein Gebiss ablässt von einem abgenagten Knochen. Maja warf ihre halb aufgerauchte Zigarette in den See und lief zum Zelt.

Freudenberg blickte ihr nach, wie sie im Zelt verschwand, dann stand er mühsam auf. Vor seinen Füßen lag noch immer das ausgerissene Grasbüschel. Es sah aus wie ein totes Vögelchen. Er stieß es mit den Schuhspitzen ins Wasser und wunderte sich, dass es sofort unterging. Unterging wie etwas Schweres. Er hatte den ganzen Tag nicht an Marek gedacht, zumindest nicht so, dass er sich daran erinnern konnte. Bis jetzt. Jetzt begriff er, dass er den ganzen Tag an nichts anderes gedacht hatte. Er fragte sich, ob er auch an seine Eltern gedacht hatte, ohne es gemerkt zu haben. Er blickte auf den See, der immer dunkler wurde. Zum ersten Mal in seinem Leben glaubte er zu spüren, wie sich seine Pupillen in der Dunkelheit weiteten. Er drehte sich um und sah das Zelt ruhig und schwarz neben einer winzigen Birke stehen. Es machte einen unbewohnten Eindruck, obwohl Maja darin atmete. Sein Blick fiel auf das Moped, das wie ein erschossenes Reh im Gras lag. Das Gras war dunkelgrau. Die Dunkelheit begann ihn allmählich zu beunruhigen. Ganz anders als gestern. Gestern hatte ihm der Wald schwarz und starr im Rücken gestanden, aber er war nicht ängstlich gewesen, kein bisschen. Das Summen der Generatoren und das Flüstern der Menschen hatte ihn beruhigt. Er war in Anwesenheit von

Menschen eingeschlafen, die sich um ihn gekümmert hatten, auch wenn sie sich nur um seinen toten Körper gekümmert hatten, der genau genommen gar nicht sein toter Körper war. Jetzt hockte die Angst in ihm wie ein zusammengekauertes Tier. Er war wieder in der weißen Küche. Er spürte deutlich: Dieser weiße Birkenwald war noch immer die Küche. Er blickte auf das Zelt, das angefangen hatte zu leuchten. Majas Schattenriss war gut zu erkennen unter der hellgelben Plane. Sie saß still im Zelt wie von Bernstein umflossen. Er wollte auch in Bernstein sitzen. Er wollte auch in Bernstein gerettet sein. Von allen Gedanken und Worten befreit.

Die kleine Stabtaschenlampe, die an der Decke des Zeltes befestigt war, schwankte noch immer. Freudenberg war beim Hineinkriechen mit der Stirn dagegengestoßen und Maja hatte kurz gelacht und ihm über den Kopf gestrichen. Es schien, als ob sie alles vergessen hätte, jede Unstimmigkeit, jedes falsche Wort. Freudenberg fühlte, wie sich sein Puls verlangsamte. Er blickte auf Majas Hände, die voller Sommersprossen waren, dann in ihre Augen und auf ihren Mund. Sie biss in einen Apfel, dass es spritzte. Er wischte sich den Fruchtsaft vom Gesicht und sie lachte. Gleich darauf hielt sie ihm einen zweiten Apfel hin, der klein und fest in ihrer Hand lag. Er nahm ihn und biss hinein. Obwohl er Hunger hatte, versuchte er nicht zu schlingen und so leise wie möglich zu kauen. Der Apfel sah noch unreif aus, doch schmeckte eigenartig mehlig. Maja aß ihren Apfel restlos auf, sogar die Kerne aß sie mit. Freudenberg hatte noch nie jemanden gesehen, der einen Apfel restlos verschlang. Er selbst verabscheute jede Art von Kernen, überhaupt aß er nur selten Äpfel. Sie schmeckten ihm, aber er hatte nie den Wunsch verspürt, sie regelmäßig zu essen. Vielleicht, weil sie ihm zu lebensfroh vorkamen, auf eine marktschreierische Weise zu gesund. Immer hatte er sich unecht gefühlt, wenn er in sie hineingebissen hatte.

Freudenberg kaute weiter und Maja ließ ihn nicht aus den Augen. Er biss kleine Stücke ab und schaute abwechselnd nach unten auf die übereinander gelegten Wolldecken und nach oben auf die Stabtaschenlampe und die Zeltwand. Die Zeltwand sah marmoriert aus, wie nach einem Wasserschaden. Er schaute Maja an, nur kurz, dann ging sein Blick wieder zu den Wolldecken nach unten und zu den Wasserflecken nach oben. Er hatte es fast geschafft, es gab kaum noch etwas zu kauen, sogar das Kerngehäuse war schon nahezu abgeschluckt. Maja lachte los. Er hatte gedankenverloren seine Hand an den Mund geführt, ohne dass noch irgendwelche Apfelreste darin lagen. Freudenberg versuchte zu lächeln. Er war verwirrt, es musste so ausgesehen haben, als ob er sich selbst essen wollte, es hatte nicht viel gefehlt und er hätte nach seinen eigenen Fingern geschnappt. Aber noch verwirrender war ein zweiter Gedanke, der sofort folgte: Wer sagte ihm denn, dass es nicht schon längst passiert war? Wer sagte ihm, dass er sich nicht schon gestern mit Haut und Haaren selbst aufgefressen hatte? Freudenberg wurde übel bei dem Gedanken. Maja musste es ihm angesehen haben, sie hörte auf zu lachen. Sein Herz begann wieder schneller zu schlagen und er fühlte, wie er rot wurde. Er war nicht mehr sicher in seinem eigenen Kopf, dachte Freudenberg. Nicht mehr sicher wie früher.

Er zog sein Gesicht aus dem Lichtkegel der Lampe heraus, um seine Röte zu verbergen, aber Maja interessierte sich nicht für sein brennendes Gesicht und ließ sich zurückfallen. Sie lag jetzt auf dem Rücken und schaute nach oben an die Decke. Freudenberg folgte ihrem Blick und sah kleine, schwarze

Flecken überall an den Zeltwänden. Es mussten Tausende sein, vielleicht Millionen. Das ganze Zelt schien verschimmelt zu sein. Genau wie ich, dachte Freudenberg. Er fühlte, dass er kurz davor war loszuheulen. Wie war das möglich, was war passiert? Gerade noch hatten sie zusammen gegessen und gelacht, gerade noch war alles gut gewesen. Vielleicht war auch gar nichts gut gewesen, dachte Freudenberg, weil es gar kein gemeinsames Essen und gar kein Lachen gegeben hatte, nur die Vorstellung davon in seinem Kopf, sonst nichts. Er sah, dass Majas Augen zu glänzen begannen, während sie an der Zeltdecke die verschimmelten Flecken studierte, als ob es Sternbilder wären. Freudenberg sank langsam zur Seite ab. Es roch dumpf und süß im Zelt. Als er mit den Schultern auf die übereinander gelegten Wolldecken stieß, gab er die letzte Körperspannung auf und legte sich neben Maja. Sie drehte den Kopf nicht zu ihm hin und schaute weiter nach oben. Es kam ihm trotzdem so vor, als ob sie lächelte.

Sein Herz hämmerte und pumpte immer schneller und lauter. Es hatte schon in dem Moment angefangen zu hämmern, als sein Körper langsam abgesunken war. »Türkis«, hörte er Maja kichern. Er spürte, wie sich seine Mundwinkel langsam voneinander entfernten, und ohne hinzuschauen, wusste er, dass es ihr genauso erging. Sie schauten beide nach oben, als es plötzlich begann. Wie ein gemeinsamer Anfall. Sie schütteten ihr verstecktestes Lachen aus sich heraus, stießen es an die Zeltdecke, dass es für kurze Zeit grell und nahezu unmenschlich tönte. Dann lagen sie wieder ruhig und still nebeneinander. Doch etwas, nein alles hatte sich verändert. Er sah ihr Gesicht unscharf vor sich, aber es beruhigte ihn, dass ihr Atem über sein eigenes Gesicht hinwegstrich. Ihre Lippen zitterten noch immer leicht, wie bei einem Nachbeben. Freudenberg fing an zu flüstern. Majas Gesicht stand jetzt direkt vor ihm wie eine weiche Wand und er sprach wie selbstverständlich in diese Wand hinein, die sich punktweise öffnete und schloss. Er hatte den Eindruck, dass nicht mehr Maja neben ihm lag. Was er wahrnahm, war ein helles Gefäß und alle seine Worte schienen in diesem Gefäß sicher zu sein, viel sicherer als in ihm. Er sprach in das Gefäß hinein und sah, wie es sich langsam füllte. Noch nie in seinem Leben hatte er so viele Worte ausprobiert. Die glatte, flüssige Fläche in der Öffnung des Gefäßes stieg unaufhörlich an, so lange, bis sie sich über den Rand ergoss. Erst jetzt hörte Freudenberg auf zu sprechen und folgte dem Gefäß in die Dunkelheit, vertraute sich ihm vollkommen an. Er stand am Ufer und sprang hinein. Durchbrach die bewegungslose Wasserscheibe und schwamm los.

Je länger Freudenberg in der Mitte des Sees blieb und mit den Beinen unter der Wasseroberfläche paddelte, desto kräftiger und lebendiger fühlte er sich und desto klarer sah er auch wieder Maja vor sich, nicht das Gefäß. Sie hielt sich an ihm fest, als ob sie ohne ihn verloren wäre. Er fragte sich, ob er auf eine Sandbank geraten sei, so leicht war Majas Körper plötzlich geworden, bis er begriff, dass es sein eigener Körper war, seine eigene Kraft, die es auf einmal möglich machte, jede nur denkbare Last zu tragen. Jetzt schloss Maja die Augen, zuckte, wurde zu Stein und ging unter. Freudenberg erschrak und paddelte weiter. Er konnte Maja nicht mehr loslassen, er hielt die Luft an und wurde mit ihr in die Tiefe gezogen. Dort sah er sie mit schlingernden Haaren. Freudenberg dachte ans Ertrinken und bekam Angst. Er wollte sich losreißen, aber Maja hatte solche Kräfte, jetzt noch größere Kräfte als er, und zog ihn immer weiter mit sich hinab in die Tiefe, an Schlingpflanzen und Fischen vorbei. Er musste atmen, riss seinen Mund auf und schrie. Schrie wie ein Wahnsinniger. Sein Schrei drang nicht nur in Wellen nach außen, sondern fiel auch nach innen, in ihn zurück. Er spürte, wie sich der Schrei im ganzen Körper ausbreitete. Wie eine Betäubung. Er konnte seine Beine nicht mehr spüren, er konnte sein Becken, seinen Bauch und seine Brust nicht mehr spüren. Der Schrei war ihm bis in die Stirn hochgeschossen, ihm ins Gehirn gefahren wie eine rote Kugel. Freudenberg betrachtete Majas glänzenden Körper unter sich, als sich seine Augen wieder nach außen stülpten. Mit einem Mal war er kein Taucher mehr, sondern schwamm ruhig und still auf der Wasseroberfläche neben ihr her. Bis zum Ufer.

Freudenberg glitt aus Maja heraus und war überrascht, wie nass alles wurde. Maja lächelte. Sie zog ihn wieder zu sich heran und streichelte sein Gesicht. Sie waren geöffnete Menschen mit durchsichtigen Körpern geworden. Waren nicht mehr länger tote, überdauerte Kreaturen in Bernstein, sondern Bernstein selbst. Freudenberg beobachtete seine Hand, die unaufhörlich Bahnen zog auf der fremden Haut, beobachtete die Wirkung, die seine Finger mit jeder kleinsten Bewegung, mit jedem geringsten Druck auf der anderen Haut erzeugten. Gleichzeitig spürte er Majas Finger auf seiner Brust, die ihm überall wie ins Innere griffen. Noch nie zuvor hatte er einen anderen Menschen gestreichelt oder war von einem anderen Menschen gestreichelt worden, außer von seiner Mutter als Kind. Freudenberg nahm seine Hand und strich sie neben Majas Hand über seine eigene Haut. Er spürte die Armseligkeit der eigenen Berührung. Maja küsste ihn.

11

Der Ford hielt vorm Haus. Freudenberg hatte ihn wie in Zeitlupe ankommen sehen. Er konnte sich nicht erinnern, wie lange er schon so bewegungslos in der Küche saß, jetzt schob er die Obstschale wieder über die Zeitungsseite mit dem schwarzen Rahmen. Inzwischen war Gerd ausgestiegen und hatte der Mutter die Wagentür geöffnet. Sie sah im Gesicht noch bleicher, noch durchscheinender aus als zuvor. Während Gerd das Auto zurück in die Garage fuhr, schwankte sie zur Gartentür.

Freudenberg rannte aus der Küche, die Kellertreppe hinunter und blieb mit dem Rücken zur Wand stehen. Der Schlüssel im Schloss war zu hören, die Tür zum Vorraum wurde geöffnet. Die Mutter betrat den Flur, setzte sich auf die Treppenstufen, die nach oben führten, und zog ihre Schuhe aus. Freudenberg sah sie von unten durch die Lücken zwischen den Stufen. Er hörte, wie sich die Schuhe von ihren Füßen lösten. Es machte ein kurzes, schleifendes Geräusch; ein Geräusch, auf das er vorher noch nie geachtet hatte. Dann begann der Rücken der Mutter zu vibrieren, ihr schwarzes Kostüm. Es dauerte eine Weile, bis die Luft in ihren Lungen aufgebraucht war, solange vibrierte nur ihr Rücken. Erst beim Ausatmen brach ein gequetschtes, nicht mehr zu unterdrückendes Wimmern aus ihr hervor und ihr ganzer Körper zuckte. Freudenberg stand auf der untersten Stufe der Kellertreppe und streckte reflexhaft die Hand nach ihr aus. Es fehlte nicht viel, um ihren Rücken zu berühren und sie augenblicklich in Glück zu verwandeln, aber er zog seine Hand langsam wieder zurück. Gerd war in den Vorraum getreten. Die Mutter stand von den Stufen auf und stellte die Schuhe weg. Gerd meinte, er wolle jetzt Kaffee kochen. Freudenberg konnte die Antwort der Mutter nicht hören, wahrscheinlich hatte sie gar nicht geantwortet oder nur genickt. Er trat schnell einen Schritt zurück und sah Gerd oben an der Kellertreppe vorbeilaufen in Richtung Küche. Die Mutter war im Flur geblieben. Es klang so, als hätte sie sich erneut hingesetzt, vielleicht auf den Königsstuhl. Gerd hantierte geräuschvoll in der Küche, scheinbar suchte er etwas. Freudenberg trat wieder einen Schritt vor und stand genau an der ersten Treppenstufe. Wenn Gerd jetzt aus der Küche käme, würde er ihn sofort erblicken, nicht den Nach-drei-Tagen-Auferstandenen, sondern den Gleich-nach-der-Beerdigung-Auferstandenen, den Spitzen-Aufersteher, seinen eigenen Sohn.

Freudenberg stellte sich auf die Zehenspitzen und konnte die Mutter sehen, sie saß tatsächlich auf dem Königsstuhl. Ihr Blick war wie festgefroren oder völlig nach innen gewendet, scheinbar blind für jeden Gegenstand. Der Mund nur noch ein dünner, fleischfarbener Strich. Freudenberg erschrak. Gerd war gerade oben an der Kellertreppe vorbeigelaufen, aber er hatte ihn nicht gesehen. Vielleicht bin ich nur ein Geist, dachte Freudenberg. Er sah Gerds schwarze Socken vor dem Königsstuhl stehen, dann seine Hand, die sich auf die Stirn der Mutter legte. Er hörte ihn sagen, der Kaffee sei alle, und er hörte die Mutter flüstern, im Keller sei noch ein Päckchen. Ihr dünner Mund hatte sich dabei kurz bewegt, als wäre ein Riss durchgegangen.

Mit angezogenen Beinen hockte Freudenberg in einem Kleiderschrank zwischen Winterjacken und aussortierten Hosen für die Gartenarbeit. Gerd nahm den Kaffee aus dem Regal und entfernte sich wieder. Um besser Luft zu bekommen, öffnete Freudenberg eine der Schranktüren, aber blieb im Schrank sitzen. Es war unmöglich, heute noch nach oben zu gehen. Freudenberg merkte, dass er zu frieren begann. Als ob durch das angekippte Kellerfenster plötzlich Winterluft einströmte, nicht länger Wärme. Er griff nach oben, riss eine der Jacken vom Bügel herunter und zog sie an. Die Jacke hatte er vor drei Jahren aussortiert, weil sie ihm zu eng geworden war. Gerd hatte sie aufgehoben. Er konnte nichts wegwerfen und verarbeitete früher oder später alle Sachen zu irgendwelchen Lappen und Dämmungen oder machte sie zu Gartenuniformen. Der Schrank war voll davon, voll mit alten, zu klein und zu eng gewordenen Jacken und Hosen. Jetzt tat Freudenberg die Enge der gefütterten Jacke gut, ihm wurde schnell wärmer Er zog noch mehr Sachen von den Bügeln herunter und stopfte sie um den Körper herum. Er kam sich vor wie ein Tier, das sich auf den Winterschlaf vorbereitete. Als er sich zurücklehnte, war es angenehm weich. Er klappte die Tür wieder ein Stück heran und durch den Spalt fiel ein dünner Lichtstrahl herein, der sein Gesicht durchschnitt. Dann zog er den Reißverschluss der Winterjacke nach oben und schloss die Augen.

Maja liegt neben ihm im Zelt. Er küsst sie auf die Stirn, sodass sie die Augen öffnet. Unmengen kleiner, schwarzer Punkte sind auf ihrer hellgrünen Iris zu erkennen. Wie Schimmel, denkt Freudenberg, oder wie Mohnsamen. Wo sie gewesen sei, fragt er sie. Maja schaut ihn ungläubig an, was so viel heißt wie: Wo soll ich denn gewesen sein, du kleiner Idiot, ich bin immer hier gewesen, hier bei dir! Aber er glaubt ihr nicht. Irgendetwas sagt ihm, dass sie lügt. Er streicht ihr mit dem Finger über die Lippen, dann fragt er:»Bist du bei Marek gewesen?« Sie schweigt. Schweigt viel zu lange.»Marek ist tot«, sagt sie auf einmal, und Freudenberg erschrickt darüber. Erst jetzt erinnert er sich wieder, dass Marek tot ist, und erst jetzt begreift er, dass Maja nicht mit Marek zusammengewesen sein kann, weil sie ja ganz und gar lebendig neben ihm sitzt. Aber es tröstet ihn nicht, dass sie lebendig neben ihm sitzt, und er sagt:»Nur weil ich ausgesehen habe wie Marek, der tot ist, hast du dich neben mich gelegt, nur deshalb! Nur um Marek nah zu sein!« Maja schweigt, schweigt immer länger.»Dann will ich auch tot sein«, sagt er schließlich und kriecht aus dem Zelt. Maja hält ihn nicht auf. Überall stehen Steine im Weg, große eckige Brocken. Er tritt dagegen und die Steine fliegen weg, als wären sie aus Pappe. Jetzt läuft er über eine weite Wiese mit hellrosa Wiesenschaum-kraut. Die Wiese geht in ein neues Steinfeld über. Als er wieder gegen einen der Steine treten will, hält er in der Bewegung inne, es ist ein Grabstein. Er schaut sich um und erkennt, dass überall Grabsteine stehen. Große Rhododendronbüsche blühen in rau-schendem Rot und Violett zwischen den Gräbern. Er läuft wei-ter. Menschen begegnen ihm nicht, nur Eichhörnchen springen zwischen den Steinen vor und zurück, scheinen Verstecken zu spielen. Manchmal wird er angebettelt, dann stülpt er seine leeren Hosentaschen aus und schüttelt bedauernd den Kopf. Plötzlich hält sein Körper wie von allein an und sein Kopf dreht sich nach rechts. Neben einer Birke ist eine dunkle Fläche zu erkennen. Er tritt an die Birke heran und blickt in ein Erdloch. Die Müdigkeit überkommt ihn wie ein Anfall, als er in die Grube schaut. Winterjacken und Hosen liegen darin, es sieht weich und warm aus. Er beginnt zu frieren, obwohl alles ringsherum blüht. Er setzt sich auf den Rand, lässt sich in die Grube gleiten, gräbt sich in die gefütterten Jacken ein und blickt nach oben: Die Birke zerteilt wunderschön den blauen Himmel mit ihren hellen Ästen, die wie Mädchenarme aussehen. Erst schaut nur ein einziges Eichhörnchen über den Rand und zwinkert ihm freundlich zu, doch schon bald ist der ganze Rand dicht mit Eichhörnchen besetzt, die bedauernd nach unten blicken und mit den Schultern zucken. Warum bedauernd, denkt Freudenberg noch, bevor ihm die Augen zufallen. Er spürt ein leises Vibrieren am ganzen Körper. Das Vibrieren wird stärker und er öffnet mit Mühe wieder die Augen, aber es bleibt dunkel. Nur seine Hand kann jetzt noch helfen, denkt er und gibt ihr den Befehl, sich zu bewegen. Die Hand wischt über sein Gesicht wie ein Scheibenwischer und wischt die Augen frei. Über ihm stehen Menschen in schwarzen Anzügen und mit Eichhörnchenköpfen, die mit ihren Schnauzen Erdhäufchen, aber auch Eicheln über den Rand schieben. Schon wieder sieht er nichts, ein Erdhäufchen hat ihn mitten ins Gesicht getroffen, auf beide Augen zugleich. Noch einmal die Hand!, denkt Freudenberg, aber sie hört nicht mehr auf ihn, nimmt keine Befehle mehr entgegen. Das Vibrieren wird immer stärker, Eicheln und Erdhäufchen prasseln auf ihn herab. Er öffnet den Mund, reißt ihn auf, um zu schreien, aber es geht nicht mehr, er kriegt keine Luft mehr, es ist vorbei …

Freudenberg öffnete die Augen und fühlte sein Herz rasen. Ein Hosenbein war ihm vors Gesicht gerutscht. Er riss es herunter und stieß die Schranktür auf, setzte beide Füße auf den Boden. Die Waschmaschine vibrierte auf den Fliesen. Schweißgebadet blickte er in den Raum: Das Kellerfenster war ein schwarzes Viereck, es war Nacht. Über dem Waschbecken brannte eine kleine Lampe; alles war in warmes, gelbliches

Licht getaucht. Ein Geruch von Sauberkeit strömte ihm entgegen. Auf der Waschmaschine stand ein Teller, über den ein zweiter Teller gestülpt war.

Freudenberg stand auf und trat an die Waschmaschine heran. Er hob den oberen Teller ab und sah Bratkartoffeln und ein großes Stück Fleisch. Er erschrak, verdeckte das Essen schnell wieder und ging einen Schritt zurück. Nach einer Weile hob er den Teller erneut hoch und hielt die Hand darüber. Das Essen war nicht mehr heiß, aber noch warm. Das Besteck lag dicht an den Teller gerückt. Freudenberg nahm Messer und Gabel in die Hand und erkannte sein altes Kinderbesteck. Auf dem Messergriff war der Gestiefelte Kater eingraviert und auf der Gabel das arme Mädchen aus *Sterntaler*. Mitten in der Nacht hielt es sein neues Hemdlein aus allerfeinstem Stoff weit vom Körper abgespreizt, um die herabfallenden Sterne aufzufangen, die sich augenblicklich in blanke Taler verwandelten.

12

Auf keinen Fall wollte Freudenberg der Mutter begegnen, die ihn fragen würde, ob es ihm geschmeckt habe und warum er nicht tot sei. Er legte das Kinderbesteck auf den leeren Teller und lief zur Kellertür, die zum Garten hinausführte. Doch die Tür ließ sich nicht mehr öffnen. Der Schlüssel passte ins Schloss, aber drehte nach beiden Seiten ins Leere. Gestern hatte noch alles funktioniert. Freudenberg versuchte es mehrmals hintereinander, bis er begriff, dass man ihn nicht nur entdeckt und gefüttert, sondern auch eingesperrt hatte. Dazu kam, dass die Kellerfenster seit Jahren vergittert waren, um Einbrecher fernzuhalten. Freudenberg fiel das Atmen schwerer. Die Stille drückte plötzlich von oben herab durch die niedrige Decke auf Brust und Schädel. Die Eltern saßen genau über ihm, im Wohnzimmer oder in der Küche, und belauerten ihn.

Freudenberg setzte sich langsam in Bewegung und schritt sein neues Gefängnis ab, das aus drei kleinen Räumen bestand: dem Heizungskeller, dem Waschkeller und Gerds Werkstatt. Alle Gegenstände standen und hingen wie immer reglos herum: ein Konservenregal, eine Kloschüssel, daneben ein Waschbecken mit Handtüchern, ein Gefrierschrank, Flaschen, eine Werkbank, ein Werkzeugschrank, eine komplette

Campingausrüstung, Gerds Winterreifen, im Gang ein Bücherregal mit aussortierten Kriminalromanen und Kinderbüchern. Freudenbergs Blick fiel auf *Peter und der Wolf*. Er hatte das Buch als kleiner Junge geliebt, auch die Musik. Er erinnerte sich, dass er sie eine Zeit lang fast ununterbrochen auf Schallplatte gehört hatte. Es war ein russischer Komponist gewesen, aber der Name fiel ihm gerade nicht ein. Er zog das Buch aus dem Regal und las Sergej Prokofjew auf dem Einband. Ja, natürlich. Einmal hatte er mit den Eltern sogar eine Aufführung besucht. Es war sehr schön gewesen, er hatte jeden Ton wiedererkannt. Es hatte auch nicht lange gedauert, nicht mal eine Stunde. Freudenberg schlug das Buch auf und musste lächeln. Die Gartentür war geöffnet und Peter kam über eine große, grüne Wiese gesprungen. Auf einem Baum saß Peters Freund, der kleine Vogel, und zwitscherte fröhlich: »Wie still es ringsum ist.« Freudenberg legte sich auf das alte Sofa neben Gerds Werkbank und blätterte weiter.

Als Freudenberg die Augen aufschlug, kniff er sie gleich wieder zusammen, die Sonne schien bis in das Kellerloch hinein. Er lag noch immer auf dem Sofa. Die Lampe brannte und *Peter und der Wolf* lag auf dem Boden, auf den Fliesen. Freudenberg erinnerte sich: Man hatte ihn gefangen genommen, ihn und nicht den Wolf. Er stand ruckartig auf und merkte, dass ihm schwindlig wurde. Sein Herz raste. Eine Weile blieb er stehen, dann ging er in den Waschkeller.

Auf der Waschmaschine standen diesmal ein Frühstücksteller und eine Tasse Kaffee. Das schmutzige Geschirr vom Vorabend war verschwunden. Die Waschmaschine selbst war abgestellt und ausgeräumt worden, das Bullauge stand offen, es roch nach frischer Wäsche. Freudenberg ging näher heran und hielt die Hand über die Tasse – der Kaffee war fast noch heiß. Auf dem Frühstücksteller lagen drei Brötchen und ein Messer, ringsherum waren kleine Päckchen Butter, Honig, Marmelade, Frischkäse und Leberwurst verteilt. Als ob ihm die Mutter das Gefühl geben wollte, in einem Hotel zu sein und nicht in einem Gefängnis. Freudenberg begann zu essen, er hatte großen Hunger. Auch der Kaffee schmeckte ihm, die Mutter hatte genügend Zucker hineingerührt. Mindestens zwei Löffel.

Danach herrschte Stille. Freudenberg wartete auf dem Sofa, aber es kam niemand zu ihm herunter. Auch als es Mittag wurde, kam kein Essen. Die Mutter wusste genau, dass er mittags nie etwas aß. Sie wusste im Grunde fast alles.

Freudenberg las einige Sherlock-Holmes-Geschichten, die er als Kind gelesen hatte, und war überrascht, dass sein Gehirn über viele Seiten hinweg so tat, als könne es sich nicht mehr erinnern, um dann im letzten Moment, kurz bevor Sherlock Holmes Dr. Watson alles erklärte, plötzlich aufzuwachen, gegen die Stirn zu springen und die Lösung von innen an die Schädelwand zu ritzen. Freudenberg legte das Buch wieder weg. Es blieb dabei, so ein Gehirn war ein seltsames Organ, ein kleiner schwarzer Sack oder ein unendlicher Raum, vielleicht beides. Von Zeit zu Zeit stand er auf und schaute durch die vergitterten Kellerfenster hinaus in den Garten. Seine Augen waren auf Rasenhöhe und es kam ihm so vor, als hätte ihn jemand bis zum Hals eingegraben.

Als das Gras endlich grau wurde, war Freudenberg erleichtert, ohne genau zu wissen, warum. Vielleicht weil der Tag vorbei war, oder weil sein Gehirn ebenfalls grau war und nicht grün. Er hatte wieder Hunger und zog eine Konserve aus dem Regal. Die kalten Bohnen schmeckten weder gut noch schlecht, im Grunde nach nichts, wie Pappe. Beim Löffeln und Schlucken hörte Freudenberg Schritte auf der Treppe. Er schaltete die Lampe auf Gerds Werkbank aus und rührte sich nicht. Jetzt kamen sie also doch. Sie kamen zu ihm herunter und er würde antworten müssen. Freudenberg bekam keine Luft. Anstatt durch die Nase zu atmen, versuchte er es weiterhin durch den Mund, der noch voller Bohnen war. Ein zähflüssiger Schleim bildete sich. Freudenberg wurde panisch. Ein kurzes, klirrendes Geräusch war zu hören. Jetzt entfernten sich die Schritte wieder und verschwanden dann vollständig, wurden vom Teppich verschluckt. Freudenberg schluckte den Bohnenschleim herunter. Danach ging er zögernd auf den Lichtkeil zu, der von oben auf die Kellertreppe fiel. Als ob ein Ufo gelandet wäre. Auf der dritten Stufe von unten stand das Abendessen. Wieder war ein Teller über den anderen gestülpt worden.

Vor dem Schlafengehen stellte er die leeren Teller zurück auf die Treppe und beeilte sich wegzukommen. Von oben war nichts mehr zu hören, nicht ein einziger Laut.

Am nächsten Morgen stand kein Frühstück auf der Waschmaschine. Man hörte das Radio aus der Küche und Freudenberg ging langsam zur Treppe. Der Frühstücksteller stand diesmal eine Stufe über der Mitte.

Den Vormittag verbrachte Freudenberg auf Gerds Sofa und las weiter Sherlock Holmes, diesmal *Der Hund von Baskerville*. Die Geschichte einer Bestie, die Menschen anfiel. Zu Mittag kam erwartungsgemäß kein Essen, aber das Radio wurde abgestellt. Es war gutes Wetter, noch immer Sommer, und Freudenberg kippte die Kellerfenster an. Am frühen Nachmittag tauchte Gerd im Garten auf. Er sammelte ein paar faulige Nüsse ein und mähte den Rasen. Freudenberg beobachtete ihn durch die Vergitterung. Sein Gesicht wirkte im Profil eigenartig leblos, er blickte kein einziges Mal in Richtung Haus. Um mit dem

Rasenmäher nicht zu nah an die Kellerfenster heranzukommen, ließ er einen breiten Streifen Gras stehen, was er sonst nie tat. Es musste ihm unglaublich schwerfallen, so viel Gras stehen zu lassen, dachte Freudenberg.

Als Gerd fertig war, ging er um das Haus herum und verschwand aus dem Blick. Freudenberg lief zur Kellertreppe und hörte ihn hereinkommen. Er wollte ihn mit der Mutter sprechen hören, aber das Radio wurde erneut angestellt und noch lauter gedreht als am Vormittag. Freudenberg wusste, dass sie genau jetzt über ihn redeten. Er konnte es nicht beweisen, doch es lag auf der Hand. Er ging zurück in die Werkstatt und hielt sich die Ohren zu, er konnte dieses verdammte Radio nicht mehr hören, er konnte diese heimtückische, jedes Wort zuschüttende Maschine nicht mehr ertragen.

Am Abend wartete Freudenberg darauf, wieder Schritte auf der Treppe zu hören und musste nicht lange warten. Als ob die Mutter durch die Decke hören könnte, wie sich die Eingeweide ihres Sohnes vor Hunger zusammenzogen. Gleich nachdem sich ihre Schritte entfernt hatten, lief Freudenberg zur Kellertreppe. Die Teller standen diesmal fast oben, fast schon im Flur. Es sah so aus, als ob sie ihn endlich schnappen wollten, vielleicht noch heute. Freudenberg spürte, dass seine Hände zu zittern begonnen hatten. Oben im Dschungel herrschte Stille. Es war diese plumpe, nur für Tiere geeignete Art des Auflauerns, für die sich seine Eltern entschieden hatten. Man lockte ihn mit Futter langsam die Stufen herauf, bis in die Falle hinein und dann ... Freudenberg unterbrach seinen Gedankengang, weil ihm schlagartig bewusst wurde, wie überholt, wie geradezu lächerlich dieser Gedanke eigentlich war. Denn in der Falle saß er doch längst! War er nicht ganz von selbst, also vollkommen freiwillig zurückgekehrt und in die Falle gegangen, geradezu hineingekrochen?

Er lehnte sich an die Wand und schaute die Kellertreppe hinauf, sein Magen knurrte. Sie gaben ihm Zeit, das war alles. Es war im Grunde kein Auflauern, sondern ein langsames Sich-wieder-eingewöhnen-Lassen, ein gezieltes zoologisches Programm, das seine Eltern abspulten. Er hatte es nicht ausgehalten in der freien Wildbahn. Die sogenannte freie Wildbahn hatte ihn zu Tode erschreckt, begriff er zum ersten Mal in aller Klarheit. Er war schwach und erbärmlich gewesen, und er war es noch immer: schwach und erbärmlich. Das war die Wahrheit. Freudenberg versuchte sich zu beruhigen. Er ging langsam die Stufen hinauf und streckte die Hand nach dem Teller aus.

Das Essen war noch heiß und er aß es mit großem Appetit. Oben wurde der Fernseher eingeschaltet. Es schien so, als ob die Eltern allmählich zur Normalität zurückkehrten. Freudenberg nahm wieder das Buch zur Hand, *Der Hund von Baskerville*, aber konnte sich nicht mehr konzentrieren. Die eigene Bestie drehte sich ununterbrochen im Kreis und schlug mit dem Schwanzende von innen an die Stirn. Etwas war schiefgelaufen, es war nicht gut, noch länger hier unten zu bleiben, es war gefährlich, dachte Freudenberg, in jedem polnischen Wald war es sicherer als in diesem Keller. Hier unten war er nicht mehr sicher vor den Eltern, nicht mehr sicher vor ihrer Liebe und nicht mehr sicher vor sich selbst. Freudenberg legte das Buch weg. Er stand vom Sofa auf und lief zur Kellertür. Sie ließ sich noch immer nicht öffnen, der Schlüssel passte, ließ sich drehen, aber die Tür entriegelte sich nicht. Er selbst war der Schlüssel, begriff Freudenberg. Er steckte im kaputten Elternschloss fest und fand nirgendwo Halt. Er war ein Schlüssel, der keine Tür mehr öffnen konnte und deshalb selbst kaputt war. Als der Fernseher oben ausging, wurde Freudenberg ängstlich. Auf keinen Fall wollte er einschlafen und sich von seinen Eltern schlafend beobachten lassen. Er wartete auf Schritte, Schrittfolgen, die nicht kamen. Er wartete stundenlang, bis er erschöpft war vom Lauschen. Er fühlte, wie ihm das Kopfinnere unumkehrbar die Träume aufzwang, die Augen drehten nach innen, drehten durch wie Räder, die Bildfolgen wurden schneller, begannen zu rasen, vielleicht kam er ja doch noch davon ...

Freudenberg rast und versucht zu argumentieren, aber es ist zwecklos, es ist eine Endlosschleife, die Majas Stimme durchläuft. Er habe *sie* verlassen, nicht sie *ihn*, sagt sie, du hast *mich* verlassen, nicht ich *dich* ... Er kommt nicht zu Wort. Schließlich bremst Freudenberg ab und steigt aus. Er weiß nicht genau, aus was er aussteigt, vielleicht aus einem Zelt, denkt er, und läuft zum Ufer eines Sees. Maja folgt ihm. »Du hast *mich* verlassen, nicht ich *dich*«, wiederholt sie, und läuft langsam in die Wasserfläche hinein. Er geht ihr nach und küsst sie, damit sie endlich begreift: begreift, dass er da ist, dass er genau neben ihr steht. Nein, er sei nicht da, sagt sie, er sei im Keller und merke noch nicht einmal, dass er dort ist, ein Idiot sei er, gegen einen Keller habe er sie eingetauscht! »Das stimmt nicht«, sagt Freudenberg, »niemals!«, und will sie erneut küssen, aber sie lässt es nicht mehr zu, ihr Mund ist jetzt wie Stein oder wie Metall. Er solle sich einmal umschauen, sich einmal den Kopf ausputzen, sagt sie, dann würde er schon sehen, wo er jetzt sei, in welchem gottverdammten Loch! Und aus so einem Loch komme man nie wieder raus, so gut wie nie, nur ein einziges Mal in tausend Jahren gebe es eine kleine, beschissene Leiter. Wie könne man nur freiwillig in so ein Loch zurückspringen, beschissener Idiot, wie könne man sich nur freiwillig durchfüttern lassen wie ein gefangenes Tier! Sie sei nur Heidelbeeren sammeln gewesen, nur kurz weg gewesen, und er habe *sie* verlassen und nicht sie *ihn*, er habe sich selbst verlassen, nur er sich selbst, und nicht sie *ihn*! Es bereitet Freudenberg immer mehr Qualen, Maja zuzuhören, die Wahrheit bereitet ihm plötzlich solche Schmerzen, dass er seinen Kopf unter Wasser halten muss, seinen Mund aufreißt ...

Freudenberg öffnete die Augen. Er lag auf Gerds altem Sofa, mit einer Decke zugedeckt, die vorher nicht dagewesen war. Das Frühstück stand schon auf der Treppe, diesmal ganz oben. Er nahm den Teller und stieg langsam wieder nach unten. Sie hätten ihn vom Flur aus leicht berühren können, ihm durchs Fell fahren können, wenn sie nur um die Ecke gegriffen hätten. Freudenberg schmierte sich die Brötchen auf Gerds Werkbank und schluckte sie lustlos herunter.

Es regnete den ganzen Tag. Freudenberg mochte das gleichmäßige Geräusch der aufschlagenden Tropfen an den Kellerfenstern. Er las den *Hund von Baskerville* zu Ende. Die Bestie war nur ein Hund gewesen, das Monster nur ein Haustier, erst Menschen hatten es zur Bestie gemacht. Und auch er würde zu einer Bestie werden, wenn er noch länger in diesem Keller bliebe, dachte Freudenberg. Es musste aufhören, noch heute.

Das Radio war den ganzen Tag über abwechselnd lauter und leiser gestellt worden. Freudenberg störte es nicht mehr, sollten sie flüstern, was sie wollten. Seit der Beerdigung waren sie nicht mehr zur Arbeit gegangen, sie waren zu Hause geblieben und hatten nur an ihm gearbeitet. Ihren gesamten Resturlaub hatten sie aufgebraucht, um ihn wieder hochzupäppeln. Wenn einer von beiden aus dem Haus ging, dann immer nur kurz: zum Rasenmähen, zum Einkaufen oder zum Autowaschen. Jetzt klingelte es oben an der Tür. Freudenberg lief zur Treppe, er wollte lauschen. Es war die Nachbarin, Frau Schnabel. Sie hatte tatsächlich etwas Entenhaftes an sich, dachte Freudenberg, was immer es auch war. Vielleicht die leicht ruckhaften Bewegungen ihres Kopfes. Er hörte ihre schnarrende Stimme trotz des strömenden Regens bis in den Keller hinunter. Die Mutterstimme dagegen war nur ein Säuseln, ein sprödes Rauschen an der Haustür. Frau Schnabel wurde nicht hereingebeten. Kein Wunder, dachte Freudenberg, sie hatten schließlich eine Auferstehung im Haus, eine Auferstehung, die bewacht werden musste, damit sie nicht doch noch in den Himmel auffuhr. Freudenberg spürte sein Grinsen wie einen Fremdkörper im Gesicht, es kam ihm abstoßend vor. Halts Maul, zischte er sich selbst an, halt dein beschissenes Maul, aber etwas zog ihm von innen die Mundwinkel nur immer weiter nach oben. Er schlug sich mit der Faust mehrmals an die Stirn, was endlich half, dann öffnete er eines der Kellerfenster. Es tat gut, wenigstens die Hand herauszuhalten, wenn schon der Kopf keinen Regen abbekam. Er holte seine nasse Hand wie eine Angelschnur ein und fuhr sich durchs Gesicht. Schon wieder klirrten die Teller auf der Treppe, die Mutter nahm das leere Geschirr mit. Es war alles so lächerlich geworden. Freudenberg starrte in den Regen und wartete, dass es dunkel wurde.

Als er die Kellertreppe betrat, hörte er kein Geräusch, aber es roch gut im Haus: süßlich. Er stieg sehr langsam nach oben, als ob er auftauchen würde, ganz darauf bedacht, dass seine Lunge keinen Schaden nahm. Oben angekommen rang er trotzdem nach Luft. Es roch jetzt deutlich nach Fleisch, süßlich und nach Fleisch. Menschenfleisch, dachte Freudenberg. Vielleicht gab es Menschenfleisch, vielleicht hatte Mutter Menschenfleisch eingekauft ... nein, nicht eingekauft, sondern ausgebuddelt ... ja natürlich, heute gab es Marekfleisch, kiloweise Marekfleisch, was sonst ... Freudenberg schaute nach links durch die offene

Küchentür und sah die verlassene Küchenzeile, drei Töpfe standen auf dem Herd. Er hielt die Luft an, um seine eigenen Atemgeräusche nicht mit den Atemgeräuschen der anderen zu verwechseln ... jetzt hörte er sie im Wohnzimmer atmen. Der Königsstuhl kam langsam auf ihn zu ... aber warum? Freudenberg begriff, dass er sich selbst bewegte. Seine Beine bewegten sich, ohne ihn vorher um Erlaubnis gefragt zu haben, und nahmen ihn einfach mit. Er lief immer weiter und es kam ihm so vor, als ob er schon viel zu lange auf den Königsstuhl zuliefe, als ob er sich plötzlich in einem fremden Gangsystem bewegte, in einer Pyramide vielleicht. Was realistisch gesehen gar nicht möglich war, dachte Freudenberg, doch fand schon im selben Moment die Einleitung dieses Gedankens völlig missglückt. *Realistisch gesehen* befand er sich in einem kleinen Haus und legte eine Strecke von etwa vier Metern zu einem alten, bedeutungslosen Stuhl zurück, aber in Wirklichkeit war dieser Stuhl alles andere als bedeutungslos und seine Beine liefen und liefen schon seit Stunden. Kurz vor dem Königsstuhl bog Freudenberg nach links ab und blieb erschöpft im Türrahmen stehen.

13

Gerd und die Mutter saßen am Wohnzimmertisch, eine weiße Tischdecke war aufgelegt, das gute Geschirr stand darauf. Freudenberg starrte auf die dampfenden Schüsseln. Die Hände der Eltern lagen bewegungslos neben den Tellern und sahen selbst aus wie kleine Teller. Nur mühsam konnte Freudenberg kurz den Blick heben und den Eltern ins Gesicht sehen. Es schien ein einziges großes Elterngesicht zu sein, das ihn anschaute, sehr weich und glatt, und wie angehalten, als ob jemand auf die Pausentaste gedrückt hätte. Die Augen darin sahen schwarz und verwüstet aus. Am liebsten wäre Freudenberg in den Keller zurückgerannt, als sich ein Spalt im Elterngesicht öffnete. »Setz dich doch«, sagte eine Stimme. Es war Mutters Stimme. Freudenberg gehorchte und setzte sich an den Tisch, legte die Hände auf die Tischdecke. Er musste seine Augen zukneifen, so sehr blendete das Geschirr.

Ob sie das Deckenlicht ausmachen solle, fragte die Mutter. Freudenberg nickte und starrte auf seinen Teller wie auf eine leere Leinwand. Gerds behaarte Hand kam von der Seite, wuchs in die Leinwand hinein, griff nach dem leeren Teller und zog ihn weg. Gleich darauf kam sie mit einem gefüllten Teller wieder zurück. Freudenberg war erleichtert, dass nun etwas vor ihm lag, das er betrachten konnte. Es war sein Lieblingsessen: Reis und Schweinegeschnetzeltes mit Blätterteig überbacken. Unmengen Blätterteigsplitter lagen um das Geschnetzelte herum verteilt, zwischen den braunen Fleischstücken glänzten Erbsen und Pilze. Alles lag gestochen scharf vor ihm. Gerd hatte es gut gemeint, der Teller war übervoll, ein einziger Reis- und Fleischhaufen, als wäre Freudenberg ein halb verhungerter Bär. Jetzt kam Gerds Hand erneut näher und goss Wein ein. Freudenberg konnte seinen Kopf noch immer nicht heben und blickte weiter nach unten. Erst als er die leisen Kaugeräusche der Eltern hörte, begann er langsam und vorsichtig zu kauen.

Ob es ihm schmecken würde, fragte Gerd nach einer Weile. Freudenberg war überrascht, dass er nicht nur nickte, sondern tatsächlich Ja sagte, das Wort Ja einfach benutzte. Gerd wirkte auch überrascht. Er wollte sofort weitermachen, sofort weitersprechen: Ob er noch mehr wolle?, fragte er. »Nein, Danke«, sagte Freudenberg und versuchte so leise wie möglich seinen Teller sauber zu kratzen. Die Mutter stand auf und sagte, sie hole jetzt den Nachtisch. Es gab warmen Vanillepudding mit Erdbeeren und Freudenberg aß schneller als sonst. Ob er noch mehr wolle? »Ja«, sagte Freudenberg, doch bereute es schon im selben Moment, als er sah, dass die Mutter ihre eigene, nicht angerührte Puddingschale zu ihm hinschob. Ob er noch Wein wolle, fragte Gerd, der auch wieder ein Ja wollte. »Ja«, sagte Freudenberg. Oder doch lieber Bier, er hole sich jetzt ein Bier, sagte Gerd. »Nein, Wein ist gut.« Freudenberg merkte, wie er schlagartig müde wurde. Am liebsten hätte er Gute Nacht gesagt und wäre in sein Zimmer gegangen, aber wie sollte das gehen, dieses Einfach-Aufstehen und Wieder-Eintauchen in seine alte Welt?

Die Mutter hatte angefangen mit den Schultern zu zucken. Sie versuchte lautlos zu weinen. Freudenberg sah, wie sie alles daransetzte, so lange wie möglich keinen Atem zu holen, nur um lautlos zu bleiben. Doch irgendwann musste sie ja atmen. Als es passierte, erschrak Freudenberg zutiefst. Sie riss die Luft in sich hinein und presste sie sofort wieder heraus. Es klang wie ein angefahrenes Tier, eine Katze vielleicht, mit zerschmetterten Knochen und zerdrückten Organen. Gerd blickte besorgt und gleichzeitig streng zu ihr herüber. Sie selbst nahm seine Blicke gar nicht wahr und holte in immer kürzer werdenden Abständen Luft. Gerd wurde nervöser und sprach sie beim Namen an, aber sie zuckte nur immer weiter mit den Schultern und blieb ein kleines zerfetztes Tier. Ihr angestrengt atmendes Gesicht schwebte dicht über dem Teller. Es war nicht mehr auszuhalten. Freudenberg legte seine Hand auf die Hand der Mutter und es wurde augenblicklich still. Als ob man eine Maschine abgestellt hätte. Er ließ seine Hand auf der kalten Mutterhand liegen und wartete ab. Das Muttergesicht hob sich unendlich langsam, schwenkte zu ihm herüber wie ein Kran und blickte ihn an. Freudenberg umschloss die Mutterhand jetzt im Ganzen und drückte zu, immer fester. Ein Lächeln huschte über ihr Gesicht. Freudenberg kam es so vor, als ob er das Mutterlächeln direkt aus ihrer Hand herausquetschte, als ob er eine umgekehrte Pulswelle in Gang setzte, die die Arme hinaufschoss und dann im Gesicht anbrandete und an Land ging: eine kleine schimmernde Muschel, die allmählich den Raum erhellte. Die Mutter lächelte weiter, auch als er den Griff lockerte. Als er ihre Hand ganz losließ, lächelte sie immer noch. Ihr Lächeln war jetzt stabil. Freudenberg wollte auch lächeln, aber es gelang ihm nicht. Es war unmöglich geworden, als hätte er etwas Hartes und Schweres im Mund.

Die Mutter räusperte sich: Ob er noch etwas zum Knabbern wolle? Freudenberg schüttelte den Kopf und schaute wieder nach unten auf die Tischdecke. Wenn er rauchen wolle, sagte Gerd freundlich, dann könne er ruhig, die Mutter und er wüssten ja, dass er manchmal eine rauche. Gerd versuchte locker zu klingen:»Als ich selbst noch gepafft habe, waren die Zigaretten nach dem Essen immer die besten.« Sie würde es auch nicht stören, sagte die Mutter, man könne ja das Fenster öffnen. Freudenberg schaute in ihre Gesichter und fühlte ein Zucken in der Unterlippe. Er presste die Zähne von innen dagegen, aber das Zucken wurde stärker, er war kurz davor loszuweinen. Er war keinen Deut besser als sie, im Gegenteil, dachte er, er war schlechter, unendlich viel schlechter. Er hatte ihnen die Grabschaufel mit voller Wucht ins Gesicht geschlagen, er hatte ihnen ihr einziges Kind geraubt, hatte ihnen die Herzen bei lebendigem Leib herausgerissen. Nun hatten sie es wiederbekommen, ihr grausames und kaputtes Kind. Waren auch noch dankbar dafür und fütterten es, als glaubten sie, es wäre vom tagelangen Totsein nur ganz hungrig, ansonsten gesund.

Er habe keine Zigaretten mehr, sagte Freudenberg zittrig und mit zerbissener Unterlippe. Gerd stand sofort auf. Er ging in den Flur und holte seine Brieftasche. Er legte die passenden Münzen auf die Tischdecke und schob sie zu Freudenberg hin.

Freudenberg sah, dass die Mutter Gerd einen ängstlichen Blick zuwarf, woraufhin er sie mit einem schwachen Nicken zu beruhigen versuchte. Aber es wirkte nicht. Ob sie mitkommen solle, fragte die Mutter. Nicht nötig, sagte Freudenberg leise. Gerd versuchte ihr erneut nur mit Blicken zu sagen: Der Junge ist freiwillig zurückgekommen, nun lass ihn kurz gehen, und diesmal schien es die Mutter zu verstehen oder sich zumindest zu fügen. Er sei gleich zurück, sagte Freudenberg, und schaute der Mutter länger in die Augen als gewöhnlich. Sie versuchte zu lächeln. Er könne sich ja noch umziehen, sagte sie, sie habe ihm frische Sachen ins Bad gelegt. Freudenberg nickte und ging ins Bad. Er schloss die Tür hinter sich ab und zog Mareks Sachen aus. Mehr als drei Wochen war es jetzt her, seit er sie sich übergestülpt hatte wie eine fremde Haut. Vor seinen Füßen lag ein blutiger Haufen: ein blutiger Haufen, der keinen einzigen Blutflecken hatte.

Als er aus dem Bad kam, hatte die Mutter schon den Tisch abgeräumt. Freudenberg stand mit frischen Sachen in der Wohnzimmertür und sah, dass sie eine Pralinenschachtel und etwas zum Knabbern bereitgelegt hatte. Sie hatte noch schnell alles in ihrer Macht Stehende getan, um ihn nach dem Zigarettenholen auch wirklich zurückzubekommen. Es tat Freudenberg weh, sie so zu sehen, sie so einfach zu durchschauen. Gerd hatte ihr Wein nachgeschenkt und sie trank ihr Glas in einem Zug leer. »Dann bis gleich«, sagte Freudenberg. »Ja, bis gleich«, antwortete Gerd lachend und meinte, er rauche später eine mit. Freudenberg nickte. Aber was wäre, wenn ihn jemand sehen würde, was dann? Er überlegte noch kurz, ob er Gerd danach fragen sollte, ließ es jedoch bleiben und trat vor die Tür.

Überall roch es nach Gülle, aber die Dunkelheit war wie Samt, viel weicher als im Keller. Im Keller war die Dunkelheit wie eine schwarze Mülltüte gewesen, die einem über den Kopf gestülpt wurde und einen langsam erstickte. Freudenberg lief durch das Kaff ohne jemandem zu begegnen. Der Zigarettenautomat stand vorm Supermarkt, links vom Eingang. Er warf Gerds Münzen hinein. Sie polterten im Inneren des Automaten, dann leuchtete die Anzeige moosgrün auf. Oder war es türkis? Freudenberg wurde mit einem Mal schwindlig, als hätte ihm jemand auf den Kopf geschlagen oder als wäre ihm ein Gefäß geplatzt ... türkis ... nur der Teufel hatte türkisfarbene Augen, türkisfarbene Seen ... er musste sich an einem Mülleimer festhalten, um nicht hinzustürzen. Hoffnungslosigkeit durchströmte ihn. Er nahm die Zigarettenschachtel aus dem Automaten heraus und zündete sich eine an, dann schloss er die Augen. Etwas knirschte. Freudenberg drehte sich ruckartig um – jemand kam über den Parkplatz gelaufen, direkt auf ihn zu. Nur Umrisse waren zu erkennen. Freudenberg ließ den Rand des Mülleimers los und begann zu rennen, er presste sich die Gülleluft in die Lungen und stürmte nach Hause wie durch einen Tunnel.

Als er klingelte, wurde ihm sofort geöffnet. Gerd hielt ihm lächelnd die Tür auf. Im Flur stand eine Plastiktüte, die noch vor zehn Minuten nicht dagestanden hatte. Im Vorbeigehen sah Freudenberg, dass es Mareks Sachen waren, die in der Tüte steckten, dort scheinbar eilig hineingestopft worden waren. Gerd fing seinen Blick auf: »Für den Kleidercontainer«. Er hatte versucht, so entspannt wie möglich zu klingen. Freudenberg nickte und ging durch den Flur ins Wohnzimmer. Die Mutter sah erleichtert aus, als er sich wieder an den Tisch setzte und die Zigarettenschachtel auf die weiße Tischdecke legte.

Gerd kam dazu, öffnete die Packung und nahm sich eine Zigarette heraus. Er machte eine kleine Show: Ob er wirklich eine rauchen solle nach so vielen Jahren, ja oder nein, nein oder ja. Ohne eine Antwort abzuwarten, zündete er sich die Zigarette an und nahm einen tiefen Zug ohne zu husten. Er tat überrascht, dass er nicht einmal husten musste und die Mutter war dankbar für die kleine Showeinlage, die anscheinend auflockernd auf sie wirkte. Auch die große Show hatte bereits begonnen, begriff Freudenberg und musste an die Plastiktüte im Flur denken. Es gab schon ein Drehbuch, das spürte er. Er musste nur noch darauf warten, in seine Rolle eingewiesen zu werden, es würde nicht mehr lange dauern. Freudenberg zündete sich auch eine Zigarette an und inhalierte, so tief er konnte. Nur der Mutter zuliebe würde es noch ein bisschen dauern, wahrscheinlich bis morgen, doch dann würden die Proben beginnen, würden die Dinge geregelt werden, geregelt werden müssen, am besten unter vier Augen, unter Männern, würde Gerd sagen. Denn diesmal konnte er die Dinge nicht ganz allein regeln, nicht ganz ohne ihn, dachte Freudenberg. Er sah Gerd beim Rauchen zu. Obwohl es ein warmer Spätsommerabend war, begann Freudenberg zu frieren. Seine Hände zitterten. Er zog sie vom Tisch und ließ sie einfach nach unten fallen.

14

Freudenberg öffnet die Augen und blickt in ein Meer von silbernen Stämmen. Dann fällt sein Blick auf die weißen Turnschuhe, die an seinen Füßen feststecken wie zu große Clownsschuhe. Er dreht seinen Körper auf die andere Seite und springt erschrocken auf. Tief unter ihm rauscht ein fleckiges Meer. Er steht direkt an der Hangkante. Es hat nicht viel gefehlt und er wäre im Schlaf abgestürzt. Hinter ihm raschelt es. Er dreht sich um und sieht Marek vor sich stehen. Marek öffnet den Mund und sagt leise, er wolle seine Sachen und seine Schuhe wiederhaben. Er zeigt auf die Sachen und Schuhe, die Freudenberg trägt. Freudenberg schüttelt den Kopf und antwortet, dass es seine Sachen seien und auch seine Schuhe, obwohl er selbst weiß, dass er lügt. Marek blickt ihn ungläubig an, dann zieht er sein T-Shirt aus und wirft es ihm vor die Füße. Der Ton ist jetzt schärfer: Freudenberg solle sein T-Shirt zurücknehmen und ihm seins wiedergeben, sofort. Freudenberg schüttelt erneut den Kopf, er will Mareks T-Shirt behalten, er will sein altes T-Shirt auf keinen Fall zurück, es ekelt ihn an. Er sieht Mareks zerschmettertes Gesicht und fühlt deutlich: Selbst dieses blut- und hirnverschmierte Gesicht ekelt ihn weniger an als sein altes T-Shirt, das auf dem Boden liegt. Marek macht einen Schritt auf ihn zu und ballt seine Fäuste, doch Freudenberg weicht nicht zurück und sagt:»Nein, niemals.« Marek kann ihn nur noch mit einem Auge böse anfunkeln, da sein anderes eine breiige Masse geworden ist. Aber Mareks Mund funktioniert noch so gut, dass Freudenberg jedes Wort versteht, auch wenn es gezischt wird. Wenn er nicht sofort seine Sachen herausrücke, droht Marek, dann würde er sie sich holen, jetzt sofort! Freudenberg erschrickt, doch als er Mareks dünnen Oberkörper näher betrachtet, seine dünnen Arme, fühlt er sich plötzlich kräftig genug, um jeden Angriff abzuwehren. Dabei vergisst er ganz, dass er ebenso dünne Arme und einen ebenso dünnen Oberkörper hat, wenn nicht sogar noch dünner. Er sagt zu Marek, er solle sich die Sachen ruhig holen, er werde schon sehen, was passiert. Marek heult auf vor Wut und beginnt frisch aus dem Kopf zu bluten, was Freudenberg so sehr graust, dass er am liebsten wegrennen würde, nur um Marek nicht berühren zu müssen. Aber er steht nur da, wie angewurzelt – tut es nicht. Und dann ist es zu spät: Marek hat einen Satz auf ihn zugemacht, hält ihn gepackt und beginnt ihn zu würgen. Freudenberg wehrt sich nicht, um nicht mit Blut und Hirnmasse in Berührung zu kommen, doch als Marek ihn im Schwitzkasten zur Hangkante zerrt und er tief unten das Steinfeld sieht und dahinter das anbrandende Meer, weiß er, dass er handeln muss. Aber wie? Er hat nicht mehr viel Zeit, nur noch Sekunden, gleich wird er bewusstlos werden und stürzen. Er tritt Marek auf die nackten Füße, stampft wie verrückt auf ihnen herum. Der Griff um den Hals lockert sich ein wenig und Freudenberg schnappt nach Luft, während Marek vor Schmerzen brüllt. Noch immer im Schwitzkasten, kann sich Freudenberg ein Stückchen drehen und tritt Marek jetzt mit aller Kraft ans Knie. Ein schepperndes Geräusch ist zu hören, als ob die Kniescheibe abgerissen und dann auf einen Steinboden gefallen wäre. Als ob Marek innen hohl und mit Steinplatten ausgekleidet wäre. Marek lässt nun ganz los und geht auf die Knie wie ein Büßer. Freudenberg überlegt nicht lange und tritt ihm mit voller Wucht ins Gesicht. Im selben Moment, wo der weiße Turnschuh in Mareks Gesicht auftrifft, erinnert sich Freudenberg an alles: Marek und er sind Brüder, sind Zwillinge! Er würde sich gerne sofort bei Marek entschuldigen, ihm den Kopf und das Knie verbinden, aber Marek verliert das Gleichgewicht und stürzt mit einem Schrei in die Tiefe. Sein Schrei hallt lange nach. Es hört sich an wie ein einzelnes Wort. Freudenberg taumelt einige Schritte nach hinten, bis sein Rücken einen Buchenstamm berührt. Erst als er nichts mehr hört, geht er langsam an die Kante zurück. Er sieht Marek auf einem dunklen Stein liegen. Einer der Arme ist ausgestreckt und die Hand zeigt aufs Meer. Der Anblick kommt Freudenberg bekannt vor. Auf einmal dreht Marek den Kopf und sein zerschmettertes Gesicht blickt nach oben zu ihm. Diesmal kann es Freudenberg deutlich hören, der Wind trägt es an sein Ohr: Mareks Mund flüstert »Verräter«. Es klingt sehr traurig und gar nicht mehr vorwurfsvoll. Dann legt sich der Kopf wieder auf den Stein und schweigt. Aber das Wort stampft weiter in Freudenbergs Kopf herum: Verräter, Verräter, Verräter. Ihm wird schwindlig. Er hört Sand unter sich rieseln. Als er an sich herabblickt, sieht er die zu großen Turnschuhe an seinen Füßen. Eine der Schuhspitzen ist rot und steht wie angespitzt in der Luft über der Hangkante. Freudenberg weiß nicht mehr, was er noch machen kann, ob er sich noch halten kann, so wie er gerade in der Luft steht, oder ob er schon im Sturz begriffen ist, in einem unendlichen Sturz. Er fühlt, dass ihm gleich das Bewusstsein schwindet und er verloren ist, wenn das passiert. Verloren und gleichzeitig erlöst...

Freudenberg wachte auf und blickte in ein Meer von aufgewühlten Decken. Sein Herz raste und der Schweiß lief ihm in die Augen, dass es brannte. Als er begriff, wo er war, kroch er langsam auf allen Vieren aus dem Zelt.

Der See lag wie ein Spiegel vor ihm und blendete. Freudenberg blickte eine Weile nach unten aufs Gras, was seinen Augen gut tat, dann stand er auf. Seine Beine zitterten. Er schaute sich um und sah das Moped, das noch immer dalag wie ein Reh, aber diesmal ein schlafendes, kein erschossenes. Es glänzte in der Morgensonne. Freudenberg wurde ruhiger. Am Ufer putzte sich ein Stockentenpaar das Gefieder. Als er näher heranging, flüchtete der Erpel ins Wasser und gab aus sicherer Entfernung Warnlaute von sich. Das Weibchen tauchte entspannt in den See ein, paddelte nur einen halben Meter vom Ufer weg, und putzte sich ungerührt weiter, als würde es Freudenberg vertrauen. Doch der Erpel warnte weiter. Sein schmeißfliegenhaftes Kostüm und sein ganzes feiges Gehabe widerten Freudenberg an. Aber wo war Maja? Sie war nirgends zu sehen. Freudenberg wollte nicht rufen, wollte nicht jetzt schon winseln. Er griff nach der Zigarettenpackung in seiner Hosentasche. Maja hatte nichts im Zelt zurückgelassen, nur das Moped und der Anhänger waren noch da. Freudenberg zündete sich eine Zigarette an. Vielleicht war sie Heidelbeeren pflücken. Als er aufs Wasser blickte, glaubte er einen roten Punkt zu erkennen, ungefähr in der Mitte des Sees. Er öffnete die Augen ein wenig mehr, doch die blendende Wasseroberfläche stach sofort zu. Er konnte sich nicht sicher sein, ob er wirklich etwas gesehen hatte.

Die Ente blickte ihn an wie ein Hund, als er neben ihr ins Wasser stieg. Er wollte ihr mit den Fingern übers Gefieder streichen, aber ließ es bleiben, weil es ihm plötzlich falsch vorkam. Er machte einige Schwimmzüge und entfernte sich vom

Ufer. Schließlich tauchte er mit dem Kopf unter. Unter Wasser ließen sich die Augen viel leichter öffnen. Man sah alles ganz deutlich: Algen wuchsen aus dunkelgrünen Tiefen herauf und standen aufrecht wie Wälder. Ihre Ränder schienen dünne Glaskanten zu sein. Freudenberg gab Acht, sie nicht zu berühren. Ein durchsichtiger Fisch stand reglos vor seinem Gesicht, man konnte seine Wirbelsäule und seine farbigen Organe erkennen. Freudenberg tauchte auf und schwamm weiter hinaus, bis in die Mitte des Sees. Ein Stück Silberpapier trieb auf der Wasseroberfläche. Er paddelte mit den Beinen, um sich aufrecht zu halten, nahm das Papier in die Hand und drehte es um. Die nasse Rückseite bildete eine polnische Waffel ab. Freudenberg betrachtete sie genauer; im Grunde interessierte ihn nur der flammend rote Hintergrund auf dem Bild. Etwas verwundert legte er das Papier zurück aufs Wasser, sodass das rote Waffelbild jetzt nach oben zeigte, was ihm richtig erschien: Er hatte vom Ufer aus einen roten Punkt gesehen. Als er unter dem Papierfetzen abtauchte und nach oben schaute, sah er ein schwaches Rot. Er tauchte wieder auf und nahm das Papier noch einmal in die Hand, hielt es gegen das Licht. Diesmal, an der Luft, schien das Rot nicht durch die Silberseite hindurch. Freudenberg ließ das Papier fallen und machte einige schnelle Schwimmbewegungen, um von der Stelle wegzukommen. Etwas stimmte nicht mit der Perspektive. Er wollte zurück ans Ufer.

Als er an Land ging, hatte er das Gefühl, dass sich seine Augen verändert hätten, zum Besseren. Er konnte sie jetzt weit offen halten, ohne geblendet zu sein. Die Birken standen weiß und klar vor ihm. Sein Blick fiel auf das Moped, das unverändert im Gras lag. Er dachte daran, wie stolz Maja auf dieses zerbeulte Ding war. Aber warum kam sie nicht endlich zurück, zurück zu ihm und diesem verbeulten Ding? Er musste kurz lachen, als er sich das *und* wegdachte. Warum kam sie nicht endlich zurück zu ihm, diesem verbeulten Ding?

Freudenberg hatte einen Apfel neben dem Zelt gefunden und strich kauend durchs Unterholz. Er entfernte sich nicht weit vom Ufer, nur so weit, dass er den See noch zwischen den Stämmen sah. Anderen Menschen oder Tieren begegnete er nicht, nur Vogelstimmen waren zu hören. Doch der Wald konnte genauso gut verkabelt sein, dachte Freudenberg, an jedem Baum eine Handvoll winziger Lautsprecher. Vielleicht hatte Maja sie ja aufgehängt. Aber wo war sie selbst? Verdammt nochmal, wo? Sie würde ihn nie im Stich lassen, nie verhungern lassen, weil ... hier stockten Freudenbergs Gedanken. Dann kamen sie mit aller Klarheit zurück: weil sie doch völlig geöffnete Menschen waren.

Freudenberg lief weiter. Er aß den Apfel auf und warf das Kerngehäuse mit Schwung gegen einen der Stämme, dass es zerplatzte. Nach einer Weile blieb er stehen und drehte sich um. Er wollte sich orientieren, doch der See war weg, pulsierte nicht mehr silbern zwischen den Stämmen. Freudenberg lief zurück in die Richtung, wo ganz sicher der See sein musste, aber kam an einer hohen Zaunanlage heraus. Es war die Zaunanlage, die er schon einmal vom Moped aus gesehen hatte. Sie bestand aus ganzen, in den Boden gerammten Stämmen, die oben angespitzt waren, als hätten Riesen ihre Taschenmesser benutzt. Knapp unterhalb der Spitzen waren noch zusätzlich elektrische Drähte gespannt. Freudenberg lief die Zaunanlage in beiden Richtungen ab, lief einige Hundert Meter nach rechts und links, aber fand weder einen Durchgang noch den See. Über den Zaun zu steigen, kam nicht in Frage, dahinter konnte sich alles Mögliche verbergen, alles, was einem jemals Angst gemacht hatte, dachte Freudenberg. Lieber lief er bewusst in die falsche Richtung, wieder von der Zaunanlage weg. Freudenberg lief los, lief immer schneller und begann schließlich zu rennen. Auf einmal sah er den See und bremste ab. Er atmete tief ein. Sein Zustand schien kritischer zu sein, als er angenommen hatte. Er begann Richtungen zu verwechseln, das war nicht gut, dachte er. Auf keinen Fall durfte es so weit kommen, dass er Menschen verwechselte. Er beeilte sich, zum Zelt zurückzukommen. Die Sonne ging bereits unter und stand rötlich zwischen den Birkenstämmen. Sie sah aus wie mit weißen Stäbchen aufgespießt. Als er ankam, war niemand da. Er zog die Wolldecken aus dem Zelt und las jeden Krümel auf, den er finden konnte, um ganz sicher sein, dass er nichts übersehen hatte. Dann saß er im leeren Zelt und starrte auf den Schimmel. Es gab so viele Schimmelflecken wie Sterne am Himmel. Freudenberg krümmte sich und begann zu zucken.

15

Es war Nacht geworden. Der leere Anhänger rumpelte hinter Freudenberg her. Er hatte ihn nicht zurücklassen wollen, um Maja nicht zu verärgern. Er bog vom Uferweg ab auf eine kleinere Straße. Der Lichtkegel des Scheinwerfers wirkte in der Dunkelheit des Waldes wie ein rettender Tunnel. Als sich der Wald öffnete, glaubte Freudenberg die Felder vom Vortag wiederzuerkennen, die sich jetzt grau und leblos um ihn ausbreiteten. In den Alleen, die schwer und süß rochen, flogen Glühwürmchen über seinem Schädel, aber kein einziger Stern war zu sehen. Nur in den Dörfern brannte noch vereinzelt Licht und am Bahndamm leuchteten blaue Signallampen. Freudenberg erreichte das Ortsschild von Wollin und bremste ab. Dann fuhr er in Schritttempo weiter, als ob er zu Fuß in die Stadt gehen würde.

In den sich überschneidenden Lichtkegeln der Straßenlaternen flatterten Insekten. Freudenberg bog von der Hauptstraße ab und die kleineren Straßen von Wollin schwebten dunkel und leer an ihm vorbei. Er fuhr weiter und kam am Marktplatz heraus. Beim Anblick der Kirche wurde er ruhiger. Das Moped hatte von ganz allein hergefunden, dachte er, wie ein Pferd zurück in den Stall. Jetzt bog es mit ihm in die Wohnsiedlung ein.

In der Dunkelheit erschienen die Neubauten weniger feindlich als am Tag zuvor. Sie wirkten sogar nahezu friedlich, als schliefen sie fest und mit guten Absichten. Freudenberg hatte nicht vor, die fremde Wohnung je wieder zu betreten, aber er musste Maja sprechen, unbedingt. Er lief auf den Eingang zu, den er zu kennen glaubte. Er drückte die Klinke nach unten, doch die Tür war verschlossen. In keiner der Erdgeschosswohnungen brannte noch Licht. Freudenberg trat vor das Fenster, hinter dem er die Küche vermutete. Er glaubte plötzlich ein Recht darauf zu haben, an dieses Küchenfenster zu klopfen, auch wenn es mitten in der Nacht war: Er musste Maja sehen. Freudenberg legte die Fingerknöchel an die Scheibe und schlug zu. Dann drückte er sich mit dem Rücken an die Wand. Es dauerte nicht lange und ein Lichtkeil fiel auf den Rasen. Freudenberg rannte zurück zum Eingang, um sich dort hinter einem Mauervorsprung zu verstecken. Das Fenster wurde geöffnet und ein Kopf kam zum Vorschein. Das Gesicht war nicht zu erkennen. Der Kopf drehte sich, seine verborgenen Augen schwenkten rechts und links am Beton entlang. Jetzt wurde gerufen. Freudenberg blieb in seinem Versteck und rührte sich nicht. Es war nicht Majas Stimme gewesen. Das Fenster wurde geschlossen. Freudenberg wartete einen Moment, dann trat er hinter dem Mauervorsprung hervor und schlich sich zurück. Gerade als er durchs Fenster hineinblicken wollte, wurde das Licht gelöscht.

Freudenberg ging in die Hocke und versuchte, sich an die Stimme zu erinnern. Es war nur ein einzelner Laut gewesen, er hätte auch von einem Tier stammen können, nur nicht von Maja. Auf einmal kam ihm alles wie ein Betrug vor und er wurde wütend. Er stand auf und klopfte der Reihe nach an mehrere Erdgeschossfenster. Das Licht ging erneut an und dasselbe

Fenster wie vorher wurde geöffnet. Freudenberg konnte es aus seinem Versteck heraus hören: Es war derselbe unangenehme Ton beim Öffnen, als ob etwas durchgebrochen wäre, ein kleiner Stock oder ein kleiner Knochen. Diesmal sah man den Kopf nicht, er blieb im Zimmer und machte keinen Laut, als sei er auf der Hut. Es herrschte völlige Stille. In die aber plötzlich etwas hineinragte: ein Atemgeräusch. Freudenberg glaubte, jetzt einen Widerstand herauszuhören in diesem Atemgeräusch, irgendetwas schleifte. Wieder wurde das Fenster geschlossen. Freudenberg beeilte sich und kroch flach auf den Boden gedrückt bis an den Lichtkeil heran. Dann stand er langsam auf. Das Licht wurde erneut gelöscht, kurz bevor er in den Raum hineinblicken konnte, was ihn noch wütender machte. Er klopfte zum dritten Mal an die Scheibe, diesmal noch fester, und rannte zum Eingang zurück.

Das ganze Rasenstück blieb dunkel, nichts passierte. Freudenberg wartete. Noch einmal schlich er an der Wand entlang zum Fenster. Er stellte sich auf die Zehenspitzen und starrte durch die Gardinen in einen schwarzen Raum hinein. Nichts war zu erkennen. Diesmal würde er stehen bleiben und sich nicht verstecken, er musste unbedingt Maja sprechen.

Freudenberg klopfte an die Scheibe, ohne zu begreifen, was wirklich geschah. Das Fenster wurde mit vollkommener Präzision genau in dem Moment geöffnet, als seine Finger noch in der Luft waren, er klopfte ins Leere. Er wurde an den Haaren gepackt und sein Gesicht auf die Fensterbank gedrückt. Er hörte über seinem Nacken ein deutliches Außeratemsein, dazu ein schleifendes Geräusch. Als er schreien wollte, wurde sein Kopf hoch- und sein ganzer Körper herumgerissen, der Mund verriegelt. Mit dem Rücken an die Wand gedrückt, blickte Freudenberg auf das Klettergerüst in der Mitte der Wohnanlage, auch das Moped war zu sehen. Etwas dünnes Kaltes hielt ihn von hinten fest, als wäre sein Kopf angenagelt, und eine Hand oder ein Stein stemmte sich gegen seinen Mund, der aufgerissen brüllte. Er konnte sich selbst nicht hören, aber er war sich sicher, dass er brüllte.

Freudenberg versuchte in das fremde, handartige Gewebe zu beißen, doch wurde nur immer stärker von hinten an den Haaren gerissen, als ob man ihm die Kopfhaut abziehen wollte. Er drückte sich mit aller Kraft von der Wand weg, um zu entkommen, zur Not auch ohne Kopfhaut, aber sein Kopf steckte fest. Ihm gelangen nur kleine, ruckartige Bewegungen. Es war kein Wegkommen. Sein Kopf saß in der Falle. Plötzlich wurde er ruhiger. Er hörte auf zu strampeln und stand still an der Wand. Er schmeckte Eisen im Mund und gab auf. Das Herz pumpte noch wild, doch es fühlte sich ruhiger an. Er schloss die Augen und sagte zu sich selbst: »ich träume« und dann »Maja«. Immer wieder. Es kam ihm so vor, als ob er den Nagel im Kopf nicht mehr spürte. Er konnte wieder atmen. Er überlegte sich, einen Schritt nach vorn zu wagen. Als er es aber tat, schloss sich die Klammer unbarmherzig von Neuem und er begriff in aller Deutlichkeit, dass er nicht geträumt hatte. Er begriff, dass er sterben würde. Etwas flüsterte ihm ins Ohr, in beide Ohren zugleich. Hinter ihm stand nichts Menschliches mehr. Er verstand kein einziges Wort, aber es war eine ungeheuerliche Drohung, ein Schlag ins Herz – in sein verlorenes Herz.

Freudenberg öffnete die Augen und sah Sand. Vielleicht hatte man ihn am Strand abgelegt, dachte er, am Meer. Als er sich auf den Rücken drehte, erblickte er Verstrebungen, Rohre und Stäbe. Hinter den Stäben war ein Stück Himmel gefangen, auch Mond und Sterne. Nur aus Neugierde berührte er die Verstrebungen über seinem Schädel, sie waren angenehm kühl. Schließlich griff er fester zu und zog sich an ihnen hoch. Jetzt konnte er seine Beine fühlen. Noch eine Weile blieb er ans Klettergerüst gelehnt stehen, dann trat er aus dem Sandkasten heraus und stand wacklig auf einem der Plattenwege. Unendlich müde glitt Freudenberg durch die Straßen von Wollin. Die von gelben Laternen angestrahlten Fassaden wirkten wie Patienten mit tropischen Krankheiten, fiebernd und verschwitzt. Sobald man an ihnen vorbeifuhr, schienen die Häuser zu schrumpfen und wegzusinken, von der Krankheit aufgefressen zu werden. Freudenberg lenkte das Moped aus dem Ort heraus oder wurde herausgelenkt. Er wusste es selbst nicht mehr. Auf der Landstraße nahm er die Hände vom Lenker.

16

In der ulica Kopernika strich der Nachtwind durch die Platanen, die Blätter klatschten leise gegeneinander. Im *Orion* brannte noch Licht, aber nur in der Rezeption, sonst lag alles im Dunkeln. Freudenberg öffnete das Tor. Die fleischigen Gewächse wucherten grau und fett im Garten, noch fetter, als er sie in Erinnerung hatte. Die Videokamera war ein roter Punkt an der Hauswand. Nur wenn er sich fest an die Wand drückte, würde er unsichtbar bleiben, dachte Freudenberg. Er begann zu schwitzen. Die Berührung mit der Wand bereitete ihm Qualen. Er arbeitete sich langsam vor, bis er um die Ecke schauen konnte. Ein schwarzes Parkplatzloch war zu sehen, von Gerds Auto keine Spur.

Freudenberg lief zum Tor. Als er auf die Straße hinaustreten wollte, hielt ihn etwas zurück. Er schaute nach oben in den Sternenhimmel. Dann ging er wieder zum Haus und hockte sich hin. Er musste verrückt geworden sein, sagte er sich, und hob die Stirn über das Fensterbrett. Das Fenster war geschlossen, dahinter schlief Dobek. Freudenberg richtete sich auf und schaute in den Rezeptionskasten hinein wie in ein Terrarium. Dobeks Hinterkopf lag auf der Rückenlehne des Sessels. Der Fernseher war fast vollständig vom Kopf verdeckt, spuckte aber immer noch Licht aus, das sich wie eine Korona an Dobeks Schädel heftete. Freudenberg beobachtete die flackernden Bewegungen. Der Kopf schien wie ausgefranst. Nach einer Weile rutschte Dobek ein wenig im Sessel zusammen und brach aus dem Bild heraus. Der Blick auf den Fernseher war plötzlich frei.

Es lief ein Schwarz-Weiß-Film aus der Stummfilmzeit. Die Gesichter waren übermäßig geschminkt, die Mimik wirkte übertrieben. Man sah einen gut angezogenen, jungen Mann, der in einem Wald spazieren ging und einem ärmlich gekleideten Mädchen begegnete, das gerade Beeren pflückte. Er spricht es an und das arme Mädchen vergeht fast vor Scham. Der junge Mann erkundigt sich danach, was das Mädchen gepflückt hat. Es zeigt in einen fast leeren Korb und blickt den jungen Mann traurig an. Dann greift es in den Korb hinein und hält ihm eine Hand voll Beeren hin. Der junge Mann weigert sich, die Beeren anzunehmen, aber das Mädchen bittet ihn. Es besteht darauf, dass er sie nimmt, auch wenn es die letzten sind. Jetzt wischt sich der junge Mann den Schweiß von der Stirn und lächelt gerührt. Er nimmt sich einige Beeren aus der Hand des Mädchens, probiert sie, seine Augenbrauen heben und senken sich, so gut scheint es ihm zu schmecken. Dann greift er noch einmal zu und noch einmal, bis der Handteller weiß und leer vor ihm aufleuchtet. Die leere Hand wird in Großaufnahme gezeigt. Danach fährt die Kamera langsam zurück und man sieht das Mädchen dastehen mit der leeren, ausgestreckten Hand. Der junge Mann greift schließlich nach der Hand und das Mädchen sieht gar nicht mehr so verschämt aus wie noch kurz zuvor. Er beugt sich weit nach vorn und man weiß nicht genau, küsst er jetzt die Hand oder haucht er sie nur an. Er bleibt lange so stehen und rührt sich nicht. Man sieht nur seinen gepflegten, schwarzglänzenden Hinterkopf, das Gesicht des Mädchens aber sieht man die ganze Zeit. Plötzlich blitzt es in diesem Gesicht auf. Etwas Gieriges blitzt darin auf und man weiß, der junge Mann kann es gar nicht gesehen haben, da er noch immer über die Hand gebeugt ist. Die Kamera fährt näher heran. Immer deutlicher sieht man etwas Fratzenhaftes und Hässliches in diesem Gesicht aufzucken. Nun richtet sich der junge Mann endlich auf und sieht sehr blass aus. Auch sehr glücklich. Ganz verliebt schaut er aus. Das Mädchen blickt wieder wie am Anfang etwas verschämt. Eine herrliche Seele, dieses Mädchen, sieht man den jungen Mann geradezu denken, und weiß doch selbst, dass es mit diesem Mädchen nichts Gutes auf sich hat. Noch vor wenigen Sekunden hat man es ohne seine Maske gesehen. Davon ahnt der junge Mann natürlich nichts. Er sinkt jetzt vor dem Mädchen auf die Knie und hält im Unterholz und Gestrüpp um seine Hand an. Man hört es nicht, aber man sieht es. Das Mädchen ziert sich und lässt sich lange bitten, weiß es doch, dass es den jungen Mann schon längst um den Finger gewickelt hat, dass er ihr aus der Hand frisst und gar nicht mehr anders kann, gar nicht mehr von ihr lassen kann, gar nicht mehr aufhören kann, bevor er erreicht hat, was er will, NEIN, WAS SIE WILL!, schreit Freudenberg plötzlich und schlägt wie ein Verrückter an die Scheibe. Dobek schnellt im Sessel hoch, wirft seinen riesigen Körper herum. Freudenberg sieht noch kurz seinen leeren, aufgeschreckten Blick, dann rennt er los. Als er über den Zaun springt, riecht er den betörenden Duft eines grauen, überirdisch fetten Gewächses.

17

Freudenberg stellte die Maschine an und drückte die Bohrspindel nach unten, bis es kreischte. Dann warf er das Metallstück in die dafür vorgesehene Kiste. Zum Glück konnten elektrische Ströme jederzeit beeinflusst werden, Bilder konnten
ausgetauscht, Bewusstseinsinhalte montiert werden. Als ob die
Lichtung in Reviere aufgeteilt wäre, dachte Freudenberg und
legte die dunkel glänzenden Beeren in den Korb. Die alten Frau-
en krochen wie auf vorbestimmten Bahnen um die Büsche und
näherten sich untereinander kaum an. Freudenberg glaubte
neben den Vogelstimmen und dem Knacken der Äste jetzt auch
das leise Stöhnen der Alten zu hören. Vor allem wenn sie sich
aufrichteten und ihre Wirbelsäulen durchstreckten. Vielleicht
kam alles Knacken im Wald ja von diesen Wirbelsäulen, nicht
von Ästen und Zweigen. Maja gab ihm von hinten einen Stoß
und lachte, als er seine Hand vor Schreck zurückzog. Scheinbar
hatte sie Spaß daran, ihn zu verwirren. Sie entfernte sich wieder und er blickte ihr nach, dann sammelte er weiter. Es kam
ihm so vor, als pflückten sie schon eine halbe Ewigkeit, nur um
diesen einen Korb mit winzigen Kugeln zu füllen, aber er wurde
nicht voll, nicht einmal halbvoll. Als ob die Kiste ein Loch hätte.
Auf einmal schepperte es metallisch. Was gar nicht sein konnte,

dachte Freudenberg, in diesem Wald gab es nirgendwo Metall. Sein Rücken begann zu schmerzen. Er richtete sich auf und sein Blick fiel auf die große Uhr in der Werkhalle: Es war gleich Schichtende, Feierabend. Maja winkte den Alten zu und verließ die Halle, ohne sich nach ihm umzudrehen, ohne ihn aufzufordern, ihr zu folgen. Die Alten winkten wie mechanisch zurück und ließen ihre Becken kreisen. Ein Signalton war zu hören. Freudenberg zögerte kurz, dann stellte er die Maschine ab. Er warf sein unfertiges Metallstück in eine der Kisten und lief zu den Waschräumen.

Maja saß auf der Bank neben den Duschen und schien auf ihn gewartet zu haben. Er setzte sich neben sie. Sie sah wunderschön aus wie immer, obwohl sie heute etwas instabil war: Ihre Ränder flackerten ein wenig. Freudenberg betrachtete den Metallstaub an seinen Händen. Es ist Fruchtsaft, sagte er leise vor sich hin, um sich zu beruhigen. Maja lächelte ihn an und ihr Lächeln wurde gestochen scharf.

Freudenberg stand auf und zog sich nackt aus. Er schämte sich nicht mehr für seine Nacktheit, Maja hatte ihm alle Scham genommen. Sie hatte ihn verwandelt. In dem Augenblick verwandelt, als er in ihr gekommen war. Freudenberg spürte, dass er einen Ständer bekam. Er ging zur Dusche und drehte das Wasser auf. Heißes, dampfendes Wasser fiel auf ihn herab und der Metallstaub löste sich von seiner Haut.

Ganz am Anfang, in den ersten Tagen im Betrieb, wenn er Metall gesehen oder Metall gerochen oder auch nur das Wort Metall gedacht hatte, war es für ihn unmöglich gewesen weiter zu atmen. Er war mehrmals hingestürzt, von der Maschine heruntergefallen wie von einer Klippe. Erst nach einer Weile hatte er gelernt, sich zu konzentrieren, hatte gelernt, alle gefährlichen Bilder auszutauschen und wieder im Wald zu sein, wieder am See. Freudenberg begann zu onanieren. Doch wenn man seine Gehirnströme nicht rechtzeitig anpasste, noch bevor man die Maschine anschaltete und das erste Metallstück in die Haltevorrichtung legte, oder wenn man sein Gehirn zu früh wieder destabilisierte, noch bevor man unter der Dusche stand und der Metallstaub abgespült war, konnte es theoretisch noch immer passieren, dass man stürzte. Erst unter der Dusche war man sicher. Erst hier konnte man über alles nachdenken, sogar über Metall. Nur unter fließendem Wasser waren alle Gedanken frei. Freudenberg stellte sich Maja vor, wie sie ihm breitbeinig den Rücken zuwandte, sich an der gefliesten Wand abstützte und ihn aufforderte, von hinten in sie einzudringen, dann spritzte er ab.

Freudenberg stieg aus der Dusche. Maja war verschwunden, was nicht schlimm war, sie würden sich später wiedersehen. Er trocknete sich ab, zog seine Sachen an und verließ die Werkhalle. Ein paar hundert Meter weiter, in einer kleinen Seitenstraße, hatte er das Moped geparkt. Freudenberg wollte nicht, dass jemand vom Betrieb ihn ankommen oder wegfahren sah, schon gar nicht der Meister. Das Moped war noch immer sein Geheimnis, auch seine Eltern wussten nichts davon. Ihm fiel ein, dass der Meister ihn heute gelobt hatte, ihm von hinten einen freundlichen Schlag gegeben hatte, genau zwischen die Schulterblätter. Gerd und der Meister waren Freunde, schon seit vielen Jahren. Vielleicht hatte Gerd ja schon immer gewusst, was gut für ihn war, viel besser gewusst als er selbst, dachte Freudenberg. Es war tatsächlich gut, einen Meister zu haben, und es tat gut, mechanisch zu sein: nicht zu wissen, was man tat, und trotzdem irgendetwas zu tun, sodass einem niemand vorwerfen konnte, nichts zu tun. Dieses immergleiche Stück Metall, das wie eine Stimmgabel aussah, aber keine Stimmgabel war, ließ sich leicht verdrängen, solange man im Kopf in einem polnischen Wald herumlief. Dass man gedreht, gebohrt, gefräst und gefeilt hatte, begriff man immer erst später, immer erst am Ende des Tages, wenn man wieder im Waschraum stand, unter der Dusche. Erst dann erinnerte man sich. Freudenberg blieb vor dem Moped stehen, das in der Sonne glänzte. Heute Mittag hatte ihn der Meister für ein Stück Metall gelobt. Gerd würde es erfahren und ihn ebenfalls dafür loben. Das war unvermeidbar. Freudenberg setzte sich auf das Moped und fuhr los. Er hatte es nicht eilig nach Hause zu kommen.

Freudenberg fuhr in die Stadt und parkte vorm Friedhof. Er kaufte eine Grabkerze und betrat das Gelände. Immer wenn er durch das Eingangstor ging, kam es ihm vor, als ob er eine Schleuse benutzte. Wie ein Schiffsrumpf wurde sein Körper entweder angehoben oder abgesenkt, wurde augenblicklich leichter, schien zu steigen oder wurde schwerer und dichter und fiel ein wenig in sich zusammen; immer eins von beiden. Heute wurde er leichter, fühlte Freudenberg, aber er hatte keine Erklärung dafür.

Die Katzennäpfe vor dem Toilettenhäuschen am Eingang sahen aus, als wären sie mit Erbrochenem gefüllt. Zwei alte Frauen standen herum und lockten Katzen an. Vielleicht fütterten die Alten die Friedhofskatzen tatsächlich mit ihrem Erbrochenen, mit ihrer eigenen herausgebrochenen Angst und Einsamkeit, dachte Freudenberg und schaute schnell wieder weg. Dann beschleunigte er seine Schritte.

Die Sonne war ein kleines, gelbes Auge am Himmel, doch wärmte noch immer. Es war ein goldener Oktober geworden, wie alle vorausgesagt hatten. Freudenberg lief weiter und begann zu schwitzen. Es war schon später Nachmittag. Das große Denkmal warf seinen gigantischen Schatten über die Gräber. Es stand direkt neben dem Friedhof und war schon aus zwanzig Kilometern Entfernung am Horizont zu erkennen, wenn man sich der Stadt näherte. Freudenberg mochte es. Er hatte keine tiefergehende Beziehung zu ihm, aber wenn man ihn fragen würde, warum er es mochte, würde er antworten, weil er alles mochte, was wie eine große Steinfaust aussah und sich in diesen arroganten, blauen Himmel hineinrammte.

Freudenberg lief ein paar Schritte auf der Hauptallee, die asphaltiert war, und schaute nach oben. Die alten Lindenbäume berührten sich über ihm und bildeten ein Dach, durch das nur wenige Strahlen hindurchdrangen. Zwei Eichhörnchen zeigten sich rechts zwischen den Grabsteinen und schlugen aufgeregt mit ihren buschigen Schwänzen. Genau wie die Katzen waren sie es gewohnt, von den Alten gefüttert zu werden. Freudenberg ging in die Hocke, schloss die Hand zur Faust und schnalzte mit der Zunge. Eines der Tiere kam erst mit großen, dann immer kürzer werdenden Sprüngen näher. Als es mit seinen winzigen Vorderpfoten Freudenbergs Faust berührte – es war wie die Berührung eines Stöckchens –, öffnete er sie langsam und zeigte dem Tier den leeren Handteller. Das Eichhörnchen zuckte zusammen und sprang sofort davon. Freudenberg bewegte sich nicht und wiederholte den Lockvorgang mit dem zweiten Tier. Dieses kam zaghafter auf ihn zu als das erste, aber es kam ebenfalls näher. Es hatte beobachtet, wie sein Friedhofskollege kurz vorher ohne Futter davongesprungen war, doch machte es den Eindruck, dass es die Erfahrung des anderen nicht ungefühlt übernehmen wollte. es wollte sein eigenes Glück versuchen. Beim Öffnen der Faust strich ihm Freudenberg unbeabsichtigt mit den Fingerkuppen übers Fell. Das Tier erschrak, weniger über die Leere der Hand als über die plötzliche Berührung am Bauch, und biss sofort zu. Dann stürzte es weg.

Freudenberg blickte dem flüchtenden Eichhörnchen verdutzt nach, bevor er den kleinen roten Punkt an seinem Zeigefinger bemerkte. Der Punkt wurde schnell größer und kugelte sich ab, um sich vom Finger zu lösen. Freudenberg stand auf und steckte die Hand in die Hosentasche. Er drückte den blutenden Finger fest an das Innenfutter. Er hätte vermutlich auch zugebissen, dachte er, wenn ihn plötzlich eine Hand von oben berührt hätte.

Freudenberg lief weiter und fühlte allmählich einen feinen, pulsierenden Schmerz im Finger. Vielleicht hatte er jetzt die Tollwut. Der Gedanke daran ängstigte ihn nicht, im Gegenteil, der Biss kam ihm plötzlich wie eine Beruhigungsspritze vor. Die Tollwut – es wäre zumindest eine Erklärung für sein Verhalten. Er konzentrierte sich auf seine Schritte und versuchte zu verstehen, warum Tiere, die auf Friedhöfen lebten, anders waren, sich anders verhielten als ihre Artgenossen außerhalb der Friedhofsmauern. Die Friedhofstiere hatten grundsätzlich weniger Angst vor Menschen, und das zu Recht. Die meisten Menschen hier waren tot, und die, die herumliefen, dachten an ihren eigenen Tod und waren wie gelähmt. Die Tiere spürten das. Meisen flatterten einem um den Kopf herum, manchmal graste sogar ein Reh auf den Urnenwiesen oder ein Fuchs trippelte langsam und lässig über die Hauptallee. Doch obwohl man dem Paradies hier näher war als irgendwo sonst, erschraken die Tiere noch immer bei jeder konkreten menschlichen Berührung. Es war eben doch kein richtiges Paradies und seine Hand hatte es nur kurzzeitig vergessen, dachte Freudenberg. Die Tiere aber erinnerten sich sehr wohl an alles Teuflische, das in menschlichen Händen steckte, und vergaßen es niemals, keine Sekunde lang. Sie wehrten sich dagegen mit allem, was ihnen zur Verfügung stand, mit Zähnen und Krallen.

Freudenberg verließ die Allee und ging auf Nebenwegen zwischen verblühten Rhododendronbüschen zu seinem Grab. Die Mutter hatte gewollt, dass er in der Stadt beerdigt wird, wo sich auch die Gräber ihrer Eltern und Großeltern befanden. Freudenberg setzte sich neben das noch frische Grab und blickte auf das Holzkreuz. Sein Name war abgeschliffen worden, nun stand nichts mehr darauf. Er erinnerte sich, wie er seine Hand einmal in die Erde eingewühlt, seinen ganzen Arm wie eine Bohrspindel bis zur Schulter hineingetrieben hatte. Erst als er mit den Fingerkuppen an die Gefäßwand gestoßen war, hatte er aufhören können zu wühlen. Licht war in die Erde eingedrungen, aber es hatte ihn nicht beruhigt, ganz und gar nicht, etwas Weiches und Schleimiges war an seinem Arm vorbeigeglitten.

Freudenberg nahm die abgebrannte Grabkerze vom Grab und stellte die neue exakt an dieselbe Stelle. Die gesamte Graboberfläche bestand aus vertrockneter Erde und ein wenig Unkraut, niemand hatte etwas gepflanzt und es hatte drei Wochen lang nicht geregnet. Dass die Eltern sich die Bepflanzung gespart hatten, war verständlich, und auch, dass sie nicht mehr hierher kamen. Freudenberg ging zum Wasserbecken und sah, dass es leer war. Spatzen flatterten aufgeregt in einem angrenzenden Gebüsch, als er den Wasserhahn aufdrehte. Er hatte sich vom Nachbargrab eine Plastikvase ausgeliehen, die er auffüllte. Als er die Wasserstelle verließ, flogen die Spatzen sofort auf den Beckenrand und stürzten sich abwechselnd hinunter in den niedrigen Wasserspiegel.

Freudenberg ließ das Wasser auf die trockene Erde und das Unkraut prasseln. Kleine Staubwolken stiegen hoch und lösten sich gleich wieder auf, lebten nur für Sekunden. Er holte noch einmal Wasser. Die Spatzen schnellten jetzt wie kleine Jagdflieger aus dem Becken und flogen eilig ins Gebüsch.

Erst als das Grab gleichmäßig dunkel und weich aussah, legte Freudenberg die Plastikvase zurück und zündete sich eine Zigarette an. Das Grab würde bald wieder verschwinden. Er setzte sich neben das Holzkreuz. Nur einmal hatte er versucht, mit Marek zu sprechen, hatte versucht vor dem Grab hockend mit Asche zu sprechen, aber es war sinnlos gewesen. Er hatte gemerkt, dass es nicht ging. Mit Toten zu sprechen war ihm lächerlich vorgekommen; danach hatte er es nie wieder probiert. Doch heute war es anders, anders als sonst. Ihm kam der Gedanke, dass seine Lebenszeit in ihrer Kürze im Grunde viel lächerlicher war als das Sprechen mit Toten. Es gab nur lächerlich wenig Zeit, um mit den Toten zu sprechen, also warum tat man es nicht einfach?

Freudenberg zog an seiner Zigarette. Wie fing man am besten damit an? Und mit wem sprach man eigentlich, wenn man mit Toten sprach? Sprach man nicht eigentlich mit sich selbst, mit dem Toten in einem selbst? Wenn ja, wäre kein einziges dieser Gespräche auch nur annähernd lächerlich, denn der Tote in einem selbst war ewig und alles Ewige war ein unausweichlicher und von jeder Lächerlichkeit befreiter Zustand. Nur die eigene Lebenszeit war lächerlich, lächerlich kurz, dachte Freudenberg erneut, und drückte seine aufgerauchte Zigarette unter die Erde. Dann begann er zu sprechen.

18

Der Gülleatem der Felder hatte sich wie eine gelbliche Blase über die Kleinstadt gestülpt. Freudenberg parkte das Moped am Ortseingang und gab darauf acht, dass ihn niemand sah. Er lief in Richtung Zentrum, an der Friedhofsmauer entlang und vorbei an der frisch geweißten Kirche, in deren Dach noch immer die goldene Axt steckte. Vor einigen Jahrhunderten hatte ein Dachdecker das Gleichgewicht verloren und im Herunterstürzen seine Axt ins Dach geschlagen. Der Dachdecker war im Dach hängen geblieben und konnte gerettet werden. Schon am nächsten Tag war er wieder aufs Dach gestiegen und hatte weitergearbeitet, das Dach zu Ende gedeckt; *Der goldene Handwerker*, wie er später genannt wurde. Es war ein unerhörter Vorgang gewesen im historischen Kaff, sogar Stoff für eine Novelle, die ein Dorfschuster im 19. Jahrhundert verfasst hatte. Freudenberg blickte noch immer nach oben auf die Axt. Warum er gerade jetzt daran denken musste, an diese verfluchte Novelle, wusste er selbst nicht genau; vielleicht weil das Blattgold im Güllelicht wie verrückt zu glänzen begonnen hatte. Diese Novelle hatte ihn über Jahre verfolgt und gequält, sie war Schullesestoff gewesen, obwohl sie nur in Fragmenten erhalten geblieben war. Die Frau des Schusters hatte sich beim

Feuermachen davon bedient; nie im Leben hatte sie daran gedacht, dass ihr Mann einen Stapel Papier vollschreiben könnte, statt ununterbrochen Schuhe zu flicken. Allein die Schusterfrau war Schuld daran, dass es noch immer Fragmente gab. Warum hatte sie nicht alles verfeuern können, den ganzen vollgeschriebenen Mist! Freudenberg riss sich vom Anblick der Axt los und beschleunigte seine Schritte. Andererseits musste man der Schusterfrau dankbar sein, dass es nur noch Fragmente gab. Ohne sie hätte man noch mehr leiden müssen.

Freudenberg bog in die Hauptstraße ein. Das Kaff hatte wie jedes Kaff eine kleine Hauptstraße. Freudenberg grüßte und wurde zurückgegrüßt. Einige schauten ihn noch immer an wie einen wandelnden Toten, aber es wurde seltener. Die ganze Sache war, wie Gerd schon vor einigen Wochen erleichtert festgestellt hatte, nicht mehr Tagesgespräch. Inzwischen war die 40-jährige Frau des Bäckers mit einem jungen Kerl von der Freiwilligen Feuerwehr durchgebrannt und die Alten zerrissen sich lieber darüber das Maul. Freudenberg fühlte sich freier als sonst.

Der Gehweg war ausgebaut worden, war etwas breiter als vorher, die alten Pflastersteine waren verschwunden. Überall lagen jetzt rötliche Knochen, knochenförmige Steine herum. Es war immer das Gleiche: Sobald ein Kaff Geld hatte, tat es alles dafür, noch hässlicher zu werden. Das Geld wurde in immergleiche Knochensteinmuster, in immergleiche Haltestellenhäuschen, Parkbänke und Sparkassenfilialen gesteckt. In allen Käffern, die noch mehr Geld hatten, wuchsen außerdem immergleiche Einkaufspassagen, Supermärkte und Tankstellen heran. Auch dieses Kaff hatte viel zu viel Geld. Freudenberg versuchte nicht abzubremsen, doch auf halber Strecke nach Hause ging ihm plötzlich die Luft aus. Er konnte und wollte nicht mehr grüßen. Die alten Augen funkelten ihn sofort feindselig an. Er rettete sich in die Kopernikusgasse und atmete mehrmals tief ein.

Das Haus der Eltern stand eitrig-gelb am Ende der Sackgasse. Weiter hinten durchschnitt ein aufgeschütteter Bahndamm das Blickfeld; einzig ein schwarzes Loch von einem Fußgängertunnel führte hindurch auf die andere Seite, wo die Felder begannen. Gerade zuckelte eine S-Bahn von rechts nach links und verschwand wieder. Als Kind hatte er sich für die S-Bahn begeistert, ein paar Mal hatte er versucht, sie entgleisen zu lassen, zuerst mit Stöcken und Steinen, später mit alten Autoreifen. Es war nie zu einer Entgleisung gekommen. Nicht einmal zu einer Notbremsung.

Die Mutter strich ihm, als er am Abendbrottisch saß, einmal kurz über das Haar. Gerd bot ihm ein Glas Bier an, doch er schüttelte den Kopf. »Du bist wohl noch bummeln gewesen?«, fragte Gerd. Freudenberg nickte und biss in die Käseschnitte. »Ein bisschen eigenes Geld zu verdienen, ist nicht verkehrt, oder?«, sagte Gerd schmunzelnd und mit vollem Mund, »da kann man sich auch mal was leisten.« Ob er sich was gekauft habe, wollte die Mutter wissen. Freudenberg sagte »Nein« und trank einen Schluck Wasser; die Kohlensäurebläschen platzten angenehm in der Mundhöhle, es kam ihm vor wie eine kleine Schießerei. »Der Meister hat den Jungen heute gelobt«, sagte Gerd zur Mutter. Sie lächelte Freudenberg an: Ob das stimme? »Natürlich stimmt das«, antwortete Gerd, »der Junge ist schnell und exakt, wie für die Metallverarbeitung geboren.« Freudenberg sah, wie ihm Gerd zuzwinkerte. »Ja, es ist heute gut gelaufen«, sagte Freudenberg und biss wieder in die Schnitte. »Natürlich macht es am Anfang nicht immer Spaß, nur diese

Schaltgetriebe zu bearbeiten«, meinte Gerd, »aber das ist nun Mal das Einmaleins, da muss man durch, später ergeben sich so viele Möglichkeiten wie Sand am Meer.« Er goss sich Bier nach. Ob er nicht doch einen Schluck wolle? Freudenberg nickte und hielt sein Glas hin. »Nächste Woche ist Schule, oder?«, fragte Gerd, obwohl er genau wusste, dass es so war. Die Mutter drehte ihr Teeglas zwischen den Fingern. »Ist dir kalt?«, fragte Gerd und griff der Mutter lachend an die Hände, die jetzt gekrümmt waren wie kleine Vogelfüße. Sie schaute ihn entgeistert an. Dann sagte sie mit dünner Stimme: »Willst du es dem Jungen nicht endlich sagen?« Gerd zog seine Hand weg und nickte. Er nahm sein Bierglas, lehnte sich im Stuhl zurück und blickte kurz an an die Decke.

Man müsse jetzt die letzte Etappe nehmen, begann er, danach sei die ganze Polengeschichte ein für alle Mal vom Tisch. Gerd schaute die Mutter an wie ein gutmütiger Jagdhund. Zuerst möchte er jedoch betonen, dass er stolz auf Freudenberg sei, sagte Gerd. Er habe seinen Fehler, der so schmerzlich für die Mutter gewesen sei, korrigiert. »Lass doch«, flüsterte die Mutter. Nein, er sei stolz auf ihn, wiederholte Gerd und blickte Freudenberg an, dass er seinen Fehler so schnell korrigiert habe und jetzt im richtigen Fahrwasser sei. Der Meister lobe nicht einfach ohne Grund. Freudenberg wurde unruhig. Gerd machte eine kurze Pause und rückte mit dem Stuhl näher an den Tisch heran. Dann fuhr er fort. Familie Strzep aus Polen komme am Freitag, um die Urne abzuholen. Frau Strzep habe ihn angerufen, sie sei Deutschlehrerin in Wollin und spreche sehr gut Deutsch. Die Strzeps wollten sie kennenlernen, bevor sie wieder abreisten, das sei alles. Sie hätten einen Besuch für Samstagnachmittag ausgemacht. Gerd schaute zur Mutter, deren Hände wie kleine Flügel am Teeglas zitterten. Vielleicht könne die Mutter ja einen Kuchen backen, aber er könne selbstverständlich auch einen besorgen. Die Mutter schüttelte den Kopf und sagte leise, das sei nicht nötig. Gerd nickte. Es würde auch nicht lange dauern, er habe Frau Strzep schon mitgeteilt, dass sie am Abend noch etwas anderes vorhätten. Freudenberg war wie vor den Kopf geschlagen. Ob das in Ordnung für ihn sei, fragte Gerd. Freudenbergs Herz begann zu rasen, er versuchte zu nicken. »Gut«, sagte Gerd und berührte die Hand der Mutter. Man müsse die Strzeps verstehen, sie hätten ihren Jungen verloren und seien unglücklich. Genauso unglücklich wie sie selbst gewesen seien, fügte Gerd leise hinzu und drückte die Hand der Mutter am Teeglas zusammen. Die Mutter blickte unverändert geradeaus, direkt an die Wand.

»Nun aber zum Wichtigsten«, Gerd wurde wieder energischer: Die alte Geschichte müsse man beibehalten, man dürfe auf keinen Fall davon abweichen, sie hätten lange nicht darüber gesprochen, doch nun sei es noch einmal nötig. Gerd schenkte sich und Freudenberg Bier nach und trank einen Schluck. Es sei keine richtige Lüge gewesen, nur eine Notlüge, begann Gerd. Freudenberg sah, wie die Mutter jetzt auf die Tischdecke blickte und langsam zu nicken begann. »Die haben uns doch durch alle Zeitungen gezerrt, die haben sich wochenlang das Maul über uns zerrissen, was denkt denn ihr, was passiert wäre, wenn die die ganze Wahrheit gekannt hätten? Einen Strick hätten die uns daraus gedreht!« Gerd war lauter geworden. »Die hätten dich, Maik, ohne Erbarmen ausgequetscht, die hätten uns fertig gemacht, die hätten die ganze Familie zerstört!« Gerd zündete sich eine Zigarette an, dann schob er die Schachtel zu Freudenberg hin und gab ihm Feuer. Die Mutter goß sich heißen Tee nach und krümmte erneut die Hände. Gerd räusperte sich. Die Familie sei das Wichtigste, sagte er jetzt ruhiger, sie müssten bei der alten Geschichte bleiben, das sei der einzige Weg, um die Sache abzuschließen. Sie müssten gut zusammenspielen und sich jedes Detail einprägen. Aber grundsätzlich gelte, Maik habe nichts mit dem Tod von diesem Jungen zu tun!»Wie war gleich der Name?«, fragte Gerd plötzlich. Freudenberg war wie gelähmt.»Marek«, sagte die Mutter leise.»Ja, genau, Marek«, wiederholte Gerd und schaute Freudenberg an.»Du musst keine Angst haben, Maik, du hast nichts Unrechtes getan, nur eine Dummheit, sonst nichts. Verstanden?« Freudenberg nickte. Die Strzeps würden die ganze Geschichte zwar aus den Zeitungen kennen, fuhr Gerd fort, aber womöglich müsste man sie ihnen nochmal persönlich erzählen. Deshalb dürfe man auch keinen einzigen Fehler machen. Freudenberg nickte wieder.»Am besten, wir sprechen alles nochmal durch. Wenn ihr Fragen habt, dann unterbrecht mich sofort, einverstanden?«

Gerd nahm einen Schluck Bier und begann:»Wie ihr wisst, sind wir mittags gegen 12.00 Uhr im Hotel Orion angekommen und Maik hatte schon Hunger und ist allein losgegangen. Er hat im Ort was gegessen, ist zum Strand gelaufen und dann immer weiter an der Steilküste lang, wo kein Mensch mehr war. Irgendwann war es so heiß, dass er baden gehen wollte, aber er hatte keine Badehose dabei. Also ist er nackt ins Wasser gegangen und ziemlich weit rausgeschwommen. Als er zurückkam, waren seine Sachen weg: T-Shirt, Hose, Portmonee mit Ausweisen und Geld, alles geklaut. Maik war verständlicherweise geschockt und wusste nicht weiter. Als plötzlich Leute näherkamen, hat er sich geschämt, weil er nackt war. Er ist die Steilküste hochgeklettert und hat sich im Wald versteckt. Weit von der Stelle entfernt, wo später die Leiche und seine Sachen gefunden wurden. Von Marek Strzep hat er nichts gesehen und nichts gehört, rein gar nichts, er war die ganze Zeit im Wald, er hat keine Leiche gesehen und uns auch nicht, das ist wichtig. Erst nach Sonnenuntergang ist er nach Międzyzdroje zurück, hat sich aber nackt nicht bis zu unserem Hotel getraut, weil noch so viele Leute unterwegs waren. Also ist er erst mitten in der Nacht wiedergekommen und hat gesehen, dass unser Auto nicht mehr da war. Wir waren ja schon längst im Krankenhaus in Stettin.« Gerd holte tief Luft und schaute die Mutter an, dann fuhr er fort: »Maik hatte nicht einen einzigen Złoty zum Anrufen dabei und weil er extrem schüchtern ist, hat er sich nicht getraut, in irgendein Hotel zu gehen und dort um Hilfe zu bitten. Er ist zurück in den Wald und hat den ganzen nächsten Tag abgewartet und überlegt, was er tun könnte. Nachts ist er wieder zum *Orion*, aber wir sind ja gar nicht mehr aus Stettin zurückgekommen. Zum Glück war es die ganze Zeit über heiß, auch die Nächte waren warm, sodass er nicht sehr gefroren hat. Schließlich hat Maik Międzyzdroje verlassen und ist in Richtung Wollin gelaufen. In Wollin hat er aus einem Kleidercontainer ein paar Sachen rausgefischt, die hat er genommen, also in dem Fall gestohlen. Danach hat er sich ohne Geld durchgeschlagen bis zu uns nach Hause.« Gerd nahm einen Schluck Bier. »Alles klar soweit?«, fragte er und schaute sie an wie ein Fahrkartenkontrolleur. Freudenberg versuchte zu nicken, doch war sich nicht sicher, ob es von außen auch zu sehen war. »Gut«, sagte Gerd. »Nun noch zu Maiks Fehler, den wir von Anfang an zugegeben haben.« Die Mutter schaute auf einmal panisch aus, aber Gerd schien es nicht zu bemerken. »Maik ist fast zwei Wochen unterwegs gewesen, er hat im Freien übernachtet und hat nicht zu Hause angerufen, obwohl er nicht mehr nackt war und leicht jemanden hätte um Hilfe bitten können. Allerdings muss auch berücksichtigt werden, dass Maik gar nichts von der Leiche in Polen mitbekommen hatte. Das Ganze war somit auch ein Abenteuer aus Unwissenheit. Das reicht. Mehr sagen wir nicht dazu. Letztlich ist Maik zu Hause angekommen und zwar genau an dem Tag, als die Beerdigung stattgefunden hat. Als er das begriffen hatte, ist er verständlicherweise zusammengebrochen, ein richtiger Schock, der mehrere Tage angehalten hat. Da waren uns, den Eltern, die Behörden erst einmal egal. Was natürlich auch ein Fehler war, aber wir konnten einfach nicht anders, wir mussten uns erstmal um den Jungen kümmern. Und zuletzt noch die Sachen aus Wollin: Die haben wir weggeworfen, weil wir nicht wussten, dass sie noch wichtig sein könnten. Wir hatten ja keine Ahnung. So, ich denke, das war's. Habt ihr noch Fragen?«

Gerd nahm wieder einen Schluck Bier und schaute erst die Mutter, danach Freudenberg an. Niemand sagte was. »Vor allem *du* musst die ganze Geschichte flüssig erzählen können, ist dir das klar?« Freudenberg nickte und drückte seine Zigarette im Aschenbecher aus. Beim Verbiegen des Filters spürte er die Blicke der Mutter von der Seite. Er schaute ihr ins Gesicht und sah, dass etwas nicht stimmte. »Diese ganze Lügerei«, zischte es plötzlich aus ihr heraus, »diese ganze Lügerei!« Gleich darauf schrie sie ihn unvermittelt an, schrie ihm direkt ins Gesicht: »Sag mir, warum! Sag mir endlich, warum!« Gerd war vom Stuhl aufgesprungen und hatte ihr den Arm um die Schulter gelegt, aber sie schüttelte ihn ab und krümmte sich. Sie begann laut und jammervoll zu weinen.

Gerd rannte zum Kühlschrank und kam mit einer Flasche Wodka zurück und goss hastig ein. Die Mutter griff nach dem Glas und kippte es runter. Dann richtete sie ihre Augen wieder auf Freudenberg. Zum ersten Mal waren diese Augen nicht mehr sanft, sondern kalt und metallisch. Man müsse sich beruhigen, die Familie sei das Wichtigste, hörte er Gerds Stimme wie von fern, doch die Mutter wollte sich nicht mehr beruhigen lassen, sie wollte wissen, warum ihr Kind sich gewünscht hatte, sie nie wiederzusehen. »Was habe ich dir denn getan?«, keuchte sie. Sie stieß mit ihren aufgeregten Händen das leere Schnapsglas um und wurde wieder lauter: »Was habe ich dir denn getan? Ich halt das nicht mehr aus, dieses Schweigen und Lügen, ich halt das nicht mehr aus. Warum bist du zurückgekommen, wenn du uns nur verachtest? Dein Vater merkt es gar nicht, aber ich, ich habe es längst gemerkt, du verachtest uns, uns beide. Sag mir, warum! Sag mir jetzt, warum! Antworte mir!«

Gerd hatte die ganze Zeit versucht, das Gesicht der Mutter von Freudenberg weg- und zu sich hinzudrehen, ohne Erfolg. Sie hatte sich immer wieder losgerissen und auf Freudenberg gezielt. Jetzt auf einmal stand dieses Gesicht still und knickte langsam nach unten ab. Die Mutter atmete schwer, ihre Stirn berührte fast die Tischdecke. Gerd goss ihr noch einen Schnaps ein, doch sie griff nicht mehr nach dem Glas. Freudenberg hatte angefangen zu weinen. Er weinte lautlos, sodass es die Mutter nicht hören konnte. Die Mutter aber weinte nicht mehr, sie atmete nur noch, mit der weißen Stirn dicht über der weißen Tischdecke, atmete laut und deutlich, exakt ein und aus. Als ob sie sich nur noch auf die Exaktheit ihres Atmens konzentrierte, nur noch atmen wollte und nichts sonst: nicht mehr denken und fühlen, nur noch atmen, solange, bis es aufhören würde irgendwann, dieses Atmen, von ganz allein.

19

»Bitte, hier entlang«, Gerds Stimme kam aus dem Garten heraufgeschwappt. Freudenberg erhob sich langsam von seinem Bett. Um nicht gesehen zu werden, stellte er sich seitlich neben das angekippte Fenster und schaute schräg nach unten auf die Terrasse. Die Plastikstühle standen strahlend weiß wie Milchzähne um den Plastiktisch herum, alles war fürs Kaffeetrinken vorbereitet. Jetzt erschien Gerd zusammen mit zwei fremden Köpfen. Der Blickwinkel war zu steil, um die Gesichter der Strzeps erkennen zu können, aber Frau Strzep sah unglaublich dünn aus. Ihr Haar war kurz und schwarz. »Nehmen Sie bitte schon Platz«, sagte Gerd und rief durch die offene Wintergartentür nach der Mutter. Die Strzeps setzten sich, doch die Mutter kam nicht heraus. Gerd rief noch einmal. Nichts passierte. »Entschuldigen Sie mich kurz.« Gerd verschwand wieder im Haus. Die Strzeps waren sitzen geblieben und rührten sich nicht. Sie saßen da wie ausgestopft, von Plastik umrahmt, kein Wort aus ihrem Mund. Herr Strzep trug eine Glatze und wirkte stämmig. Er sah gesünder aus als seine Frau. Nur die Kopfhaut schien seine Schwachstelle zu sein, sie war sonnenverbrannt, was umso mehr auffiel, als Mutters Tischdecken immer zu weiß waren. Jetzt trat die Mutter hinter Gerd auf die Terrasse. Herr

Strzep erhob sich sofort aus seinem Plastikstuhl, der beim Zurückschieben ein kratzendes Geräusch auf dem Steinboden machte, und beugte seine rote Stirn über ihre Hand. Frau Strzep war sitzen geblieben und reichte der Mutter die Hand über den Tisch und nickte dabei. Es dauerte nicht lange und alle saßen. Gerd und die Mutter hatten sich nebeneinander gesetzt, aber die Strzeps hatten einen Stuhl frei gelassen zwischen sich, als ob sie noch jemanden erwarteten.

Als Freudenberg ihre Stimme zum ersten Mal hörte, war er überrascht. Er hatte nicht erwartet, dass in einem so zerbrechlich wirkenden Körper etwas so Tiefes und Raues stecken könnte. Frau Strzep hatte einen Namen gerufen: Katja. Es dauerte nicht lange und ein dünnes, rothaariges Mädchen kam um die Ecke des Hauses gelaufen oder vielmehr gebummelt. Das Mädchen kam unfassbar langsam zur Terrasse. Möglicherweise konnte es sich gar nicht schneller bewegen, selbst wenn es wollte, dachte Freudenberg, als er sah, wie zeitlupenhaft es jetzt auch seinen Arm hob, um die Hand in Gerds und danach in Mutters Hand zu legen. Es sah aus wie ein Tupfen. Freudenberg lehnte seine Stirn an die Scheibe, ihm war plötzlich schwindlig. Das Mädchen setzte sich nicht an den Tisch, sondern entfernte sich wieder von der Terrasse. Ebenso langsam wie zuvor bummelte es jetzt in den Garten hinein, direkt auf den Walnussbaum zu. Frau Strzep sah ihrer Tochter nach, dann änderte sie ruckartig ihre Blickrichtung und schaute Gerd an. Gerd erzählte etwas über das Grundstück, den Garten. Freudenberg verstand nur Satzfetzen und blickte weiter auf den Rasen. Das Mädchen war wie ein rot blinkender Punkt auf einem grünen Radarschirm. Die Haare so kurz wie die ihrer Mutter, nur rot. Ein perfekt angepasster Helm. Wie für eine Kriegerin gemacht, dachte Freudenberg.

Der Blickwinkel von oben wurde immer spitzer, je weiter sich das Mädchen vom Haus entfernte. »Katja«, rief Herr Strzep, und unterbrach dabei Gerds Ausführungen. Katja drehte sich kurz um, lächelte, und bummelte unbeeindruckt weiter. Aber Freudenberg hatte ihr Gesicht gesehen. Es war wie ein Schlag in die Magengrube gewesen. Das Strömen von Blut im Kopf, das Geräusch von auf- und zuklappenden Kiemendeckeln war zu hören. Jetzt hörte Freudenberg, wie er gerufen wurde. Es war Gerd, der rief und nach oben zum Fenster schaute. Als ob der Fischer den Fisch riefe. Maja stand unterm Walnussbaum, auf der bloßen Erde, der rote Punkt war vom Radarschirm gerutscht. Gerd rief erneut, diesmal lauter. Majas Blicke trafen genau durch die Scheibe. Ihr Gesicht verzog sich zu einem Grinsen und Freudenberg starrte in dieses verzogene Gesicht. Er hörte Gerds Stimme sagen »Ich hole den Jungen jetzt runter, wahrscheinlich sitzt er mit Kopfhörern vorm Rechner«, gleichzeitig hob Maja ihren rechten Arm, richtete den Daumen auf, knickte Mittelfinger, Ringfinger und kleinen Finger zur Handfläche um und zielte mit dem Zeigefinger auf ihn, genau auf seine Stirn. Zielte und drückte ab. Der Rückstoß der Waffe, das Sinkenlassen der Waffe, das zufriedene Gesicht der Schützin, die sieht, dass sie ihr Ziel nicht verfehlt hat, all das war deutlich zu erkennen. Erst jetzt schloss Freudenberg seine Augen.

Gerds Hand lag auf seiner Schulter und rüttelte wie eine Pranke. Getroffen, dachte Freudenberg, während die Pranke immer fester nach ihm griff und seinen abgeschossenen Körper abführte, seinen langsam verblutenden Körper die Treppe runterzog. Gerd hatte sich bei ihm eingehakt und handhabte ihn wie eine Puppe. »Reiß dich zusammen«, zischte er. Er zog ihn ins Bad, stellte ihn vorm Waschbecken ab und drehte den Wasserhahn auf. Es rauschte in den Ohren wie ein Wasserfall, hundert Meter tief. »Mach dich frisch«, befahl Gerd. Freudenberg ließ sich kaltes Wasser über die Handgelenke laufen. »Auch das Gesicht!« Freudenberg gehorchte. Gerd reichte ihm ein Handtuch und griff ihm plötzlich an den Kopf. Wie einem Kind zog er ihm den Scheitel mit der Hand nach, nur die Spucke fehlte noch. Freudenberg schloss die Augen und sofort rüttelte die Pranke wieder an ihm: »Reiß dich zusammen!« Gerd schlug ihm zwischen die Schulterblätter und Freudenberg nickte. Dann zog er ihn aus dem Bad heraus und weiter hinter sich her. Freudenberg schaute nach unten auf den Boden und verfolgte die wechselnden Beläge: Teppich, Parkett, Fliesen, Linoleum, Stein. Unmengen grauer, knochenförmiger Steine. Sie waren auf der Terrasse angelangt. Freudenberg blickte auf und die Sonne blendete ihn.

Frau Strzeps Hand war kirschblütenweiß und leicht. Sie lag in seiner Hand wie eine Keramikscherbe. Kühle strömte aus ihr heraus. Nur einen Augenblick später ein zupackendes, verschwitztes Stück Eisen: Herrn Strzeps Hand. Freudenberg wischte sich seine eigene Hand unauffällig an der Hose ab und schaute ängstlich in den Garten. Maja stand an der Grenze zum Nachbargrundstück an den Johannisbeersträuchern und wandte ihm den Rücken zu. Herr Strzep rief sie auf Polnisch. Auch wenn er kein Wort verstanden hatte, wusste Freudenberg, dass es die Aufforderung gewesen war, an den Tisch zu kommen. Maja drehte sich nicht um und ließ nur ihre Schultern neben den Büschen einmal kurz hoch- und runterhüpfen, das war alles. Herr Strzep schaute hilflos zu seiner Frau, aber Frau Strzep hatte keinen Blick übrig für seine Hilflosigkeit. Sie schaute einzig und allein Freudenberg an. Ihr Gesicht war still und weiß, ohne Wimpernschlag. Wie aus Gips, dachte Freudenberg. Doch gleichzeitig schien dieses Gesicht lebendiger zu sein als alle anderen Gesichter an diesem Tisch. Seine eigenen Wimpern begannen plötzlich schneller zu schlagen, fühlte Freudenberg, wie Insektenflügel. Er versuchte wegzuschauen.

Gerd zog den Stuhl zwischen der Mutter und Herrn Strzep zurück und wies Freudenberg mit einem kurzen Nicken an, sich zu setzen. Freudenberg gehorchte. Er schaute auf die Tischdecke und betrachtete die sanft gewölbte Oberfläche des Apfelkuchens, den die Mutter gebacken hatte. Frau Strzep zündete sich eine Zigarette an und schob die Schachtel neben das Kuchenblech. Es war die gleiche Marke, die er in Polen geraucht hatte. Gerd stand auf, um einen Aschenbecher zu holen. Ob sie Kaffee einschenken dürfe, fragte die Mutter die Strzeps. Freudenberg hob den Kopf ein wenig und sah, dass nur Herr Strzep reagierte. Er lächelte der Mutter zu, beugte sich etwas über den Tisch und hielt zuerst die Tasse seiner Frau unter die Kanne, dann seine eigene. Frau Strzep tat so, als ob sie die gefüllte Tasse neben ihrer rechten Hand gar nicht bemerkte, und starrte weiter auf die Armlehne ihres Plastikstuhls. Dabei schwebte ihre linke Hand in der Luft und hielt die brennende Zigarette. Freudenberg beobachtete die Bewegungen. Als gäbe es eine kleine Mechanik, wurde die Hand mit der Zigarette in gleichmäßigen Abständen exakt bis an die Lippen vorgerückt, die sehr rot waren, danach schnappte der Mund sanft zu, der Filter rötete sich, die Hand rückte wieder weg und Rauch trat aus Nase und Mundschlitz hervor. Es plätscherte. Die Mutter goss Kaffee in seine Tasse. Sie schaute ihn nicht an und tat so, als ob er gar nicht da wäre. Als ob die Tasse nur eine Gedenktasse wäre, dachte Freudenberg und fühlte Scham in sich aufsteigen. Jetzt schenkte sich die Mutter selbst Kaffee ein. Sie hatte gestern Abend nicht mit ihm und Gerd zusammen Abendbrot gegessen und war einfach ins Bett gegangen. Gerd hatte gemeint, er solle sich keine

Sorgen machen, der Besuch der Strzeps würde ihr Angst machen, aber sie würde mitspielen. Sie beide müssten jetzt stark sein, hatte Gerd gesagt und sich mit Freudenberg eine Flasche Bier geteilt. Nichts würde passieren, absolut nichts. Freudenberg hatte nichts darauf antworten können, kein einziges Wort, absolut nichts.

Herr Strzep trank einen Schluck Kaffee und drehte sein weiches, wie gepolstert wirkendes Gesicht in den Garten hinein. Gerd folgte seinem Blick und fragte ihn, ob er Nüsse mitnehmen wolle, der Baum hätte so viele Nüsse in diesem Jahr, dass man gar nicht hinterherkäme, sie zu essen. Herr Strzep lächelte hilflos. Gerd hatte nicht daran gedacht, dass nur Frau Strzep Deutsch sprach. Herr Strzep zuckte mit den Schultern und zeigte auf seine Frau, dann wischte er sich mit der flachen Hand über den haarlosen Schädel. Die Schweißperlen verschwanden wie bei einem Scheibenwischer. Freudenberg schaute weg, um nicht sehen zu müssen, was Herr Strzep mit seiner Hand als nächstes anfassen würde. Frau Strzep aber wachte wie aus einem Kurzschlaf auf. Sie drückte die Zigarette im Aschenbecher aus und wandte sich Gerd zu. Sie sah ihn wortlos an und Gerd wiederholte die Frage, obwohl es ihm peinlich war, sie zu wiederholen, wie Freudenberg erkennen konnte. Frau Strzep schüttelte den Kopf und antwortete mit der gleichen rauen Stimme, die Freudenberg schon kannte. Diesmal jedoch schien sie ihm in keinem Widerspruch zu Frau Strzeps Erscheinung zu stehen. Ihr polnischer Akzent war kaum hörbar, aber ihre Sprechweise entwickelte eine unruhige Melodie, einen unentschiedenen Singsang zwischen Nähe und Ferne. Freudenberg blickte nach unten auf die Tischdecke. Sie hätten selbst so einen fruchtbaren Baum zu Hause in Wollin, hörte er Frau Strzep sagen, und es hatte wie *furchtbaren* geklungen. Es sei sehr nett, doch man habe genügend Nüsse, vielen Dank. Freudenberg musste den Kopf wieder anheben, er konnte nichts anders. Frau Strzep wandte sich von Gerd ab und blickte die Mutter an, aber die Mutter hielt ihrem Blick nur wenige Sekunden stand, dann fragte sie nervös, ob jemand frischen Apfelkuchen probieren wolle. Freudenberg sah, wie sich Frau Strzeps Gesicht langsam veränderte. Wie bei einem Daumenkino schien es bei jedem Umblättern zärtlicher auf die Mutter zu blicken. »Ja, sehr gern«, sagte das Gesicht schließlich lächelnd und war kaum wiederzuerkennen.

Die Hände der Mutter zitterten, als sie den Kuchen anschnitt und Frau Strzep das erste Stück auf den Teller schob. Danach verteilte sie weitere Stücke und ihre Hände wurden ruhiger. Herr Strzep sagte etwas auf Polnisch und machte dabei ein zufriedenes Gesicht. Die Mutter schaute hilflos zu Gerd. Ihr Mann habe gesagt, der Kuchen sei noch warm, er schmecke vorzüglich, so gut wie zu Hause, übersetzte Frau Strzep, und die Mutter versuchte zu lächeln.

Auch auf Freudenbergs Teller lag ein Stück Kuchen, aber er hatte es noch nicht angerührt. Sein Mund war so trocken, dass er glaubte, ersticken zu müssen, sobald er anfangen würde zu essen. Frau Strzep kaute und blickte abwechselnd zur Mutter und zu ihm, dann in den Garten. »Katja«, rief sie plötzlich, nicht laut, doch mit einer gewissen Schärfe. Freudenberg drehte den Kopf kurz zur Seite und sah, wie sich Maja sofort in Bewegung setzte. Diesmal schien sie schneller voranzukommen. Er begann zu zittern und starrte auf die Tischdecke. Maja betrat die Terrasse, ihre Schuhe klackerten auf den Knochensteinen. Sie ging um den Tisch herum und setzte sich zwischen ihre Eltern. Frau Strzep sprach sie auf Polnisch an, und es klang nochmals scharf, wie eine Zurechtweisung. Freudenberg blickte auf sein

Stück Apfelkuchen, das er nicht anrühren konnte, und sah die Hände der Mutter knapp über der Tischdecke: Maja bekam ebenfalls ein Stück Kuchen und einen Kaffee. Eine Mädchenstimme sagte freundlich »dziękuję«. Freudenberg erschrak. Die Stimme hatte nicht wie Majas Stimme geklungen. Oder doch? Er hob vorsichtig den Kopf, bereit ihn sofort wieder zu senken, aber das kauende Mädchen, das ihn angrinste, war nicht Maja. Es hatte gefärbte, rote Haare und sah ihrer Mutter verblüffend ähnlich, bis auf die Haut. Wenn Frau Strzep aus weißem Marmor bestand, dann bestand Katja aus Sandstein, dachte Freudenberg. Etwas in ihrem Gesicht erinnerte ihn trotzdem an Maja, sodass er stoßweise, sekundenweise befürchtete, er hätte sich doch getäuscht. Katja selbst verhielt sich so, als ob sie ihn noch nie vorher gesehen hätte, und aß genussvoll ihren Kuchen. Ihr Gesicht stand nicht still, immer rieselte irgendetwas herab, immer gab es irgendeine Bewegung darin, genau wie bei Maja.

Ob jemand noch ein Stück Kuchen wolle, fragte die Mutter. Nein, Danke, aber es habe sehr gut geschmeckt, sagte Frau Strzep. Als Freudenberg den Kopf drehte, sah er, dass ihre Augen wieder auf ihn gerichtet waren, und als er schnell wegschauen wollte, packte sie ihn. Warum er denn gar nichts esse, fragte sie freundlich, seine Mutter habe sich doch solche Mühe gegeben.

Freudenberg war viel zu erschrocken, um sofort antworten zu können. Er hatte nicht erwartet, direkt angesprochen zu werden, und hob kurz die Schultern, als ob nur dafür die Kraft reichen würde. Dann blickte er nach unten. Nach einer Weile sah er Frau Strzeps Hand auf der Tischdecke näherkommen, sie schob ihm die blaue Zigarettenschachtel genau neben den Tellerrand: »Bitte, bedien dich, wenn du willst.« Ihre Stimme hatte weich und warm geklungen. Freudenberg nickte und nahm die Schachtel vorsichtig in die Hand, als wäre sie ein kleiner Fisch. Sie anzufassen hatte etwas Vertrautes. Er zog eine Zigarette heraus und reichte Frau Strzep die Schachtel über den Tisch zurück. Als sie danach griff, strich sie ihm sanft über die Finger. Freudenbergs Herz stolperte. Er war sich nicht sicher, ob es wirklich passiert war oder ob er sich die Berührung nur eingebildet hatte, sein rechtes Augenlid begann zu zucken. Frau Strzep zündete sich eine Zigarette an und gab ihm Feuer. Freudenberg inhalierte so tief er konnte, lehnte sich zurück und stieß den Rauch aus der Nase aus. Katja tippte ihre Mutter von der Seite an und flüsterte, doch Frau Strzep schüttelte nur einmal kurz und entschieden den Kopf. Das Mädchen verzog beleidigt den Mund und sagte kein Wort mehr. Aber auch die anderen sprachen nicht mehr. Nicht einmal Gerd. Als wäre plötzlich ein Schweigen von oben herabgefallen auf diesen kleinen, unglückseligen Garten, dachte Freudenberg, herabgefallen wie eine nasse Decke. Oder als würden sie sich alle mit geöffneten Augen in einem hundertjährigen Schlaf befinden, mittendrin in einem grausamen Märchen. Alle blickten sie in verschiedene Richtungen, nur Frau Strzep und er blickten sich unverwandt an. Ihr Gesicht war hell und atmete den Rauch gleichmäßig ein und aus. Freudenberg konzentrierte sich nur noch auf dieses Gesicht, das ihn beruhigte; mehr beruhigte als alles andere auf dieser Welt. Gerd, die Mutter, Herr Strzep und auch das Mädchen, das nicht so aussah wie Maja, sich aber seltsamerweise so verhielt, waren wie ausgeschnitten, wie weggewischt. Es gab nur noch ein einziges Bild, ein einziges Porträt, das auf seiner Netzhaut flimmerte. Das Porträt sprach mit ihm und es schien ihm in keiner Weise mehr ungewöhnlich zu sein, dass ein Portrait mit ihm sprach. »Marek war ein hübscher Junge, ungefähr in deinem Alter«, sagte das Porträt. Ob er ihn sehen möchte? – Freudenberg zögerte kurz, dann nickte er.

Marek stand neben einem Fischerboot und hielt einen toten Flachfisch in der Hand. Das Foto war in Nordostrichtung aufgenommen worden, im Hintergrund konnte man die Steilküste sehen, es war Spätherbst: Die Bäume an der Hangkante waren schon entlaubt. Marek blickte in die Kamera und sein Gesicht war voller Wut. Diese Wut wurde nur dadurch abgeschwächt, dass sein Gesicht an sich weich wirkte. Wie gepolstert, dachte Freudenberg. Marek hatte das Gesicht seines Vaters, das Gesicht von Herrn Strzep abbekommen. Es hatte keinerlei Ähnlichkeit mit seinem Gesicht. Freudenberg beugte sich tiefer über das Bild. Nur Mareks Körper wirkte so dünn und kraftlos wie sein eigener oder noch dünner, noch kraftloser. Man hatte den Eindruck, auf seiner wetterfesten Jacke die Abdrücke der Rippen erkennen zu können. Freudenbergs Blick ging weiter nach unten und fiel auf Mareks Schuhe. Sein Herz begann laut zu hämmern. Er riss seine Füße reflexhaft nach hinten, unter den Stuhl, die Finger zitterten. Freudenberg legte das Foto zurück auf den Tisch und ließ seine Hände verschwinden, ließ sie so schnell es ging vom Tisch rutschen. Mareks weiße Turnschuhe waren deutlich zu sehen. Sie standen im Sand und Mareks Gesicht sah ungemein wütend aus. Wegen mir, dachte Freudenberg, nur wegen mir. Er hatte nie aufgehört Mareks weiße Turnschuhe zu tragen und auch jetzt trug er sie. Sie steckten an seinen Füßen fest, unterm Stuhl. Als ob er irgendwann vergessen hätte, dass es Mareks weiße Turnschuhe überhaupt noch gab ... Ob er Marek einmal gesehen habe, hörte er Frau Strzeps Stimme viel zu nah an seinem Ohr. Es war ein Schrillen. Wie sollte er jetzt noch fliehen? Sein Herz pumpte stärker. Wie sollte er jetzt noch fliehen mit Mareks viel zu großen Turnschuhen an seinen Füßen, die dort längst festgewachsen waren?

»Nein«, hörte sich Freudenberg plötzlich selbst sagen. Seine Stimme hatte laut und erstaunlicherweise stabil geklungen. Wie ein Befehl an sich selbst. Er versuchte, nicht mehr auf das Foto zu schauen, das noch vor ihm lag, und legte seine Hände zurück auf den Tisch. Sie zitterten nicht mehr. Etwas hatte sich stabilisiert, ganz von allein.

Frau Strzep zündete sich eine Zigarette an. Freudenberg betrachtete ihre Hände. Je länger er sie anschaute, desto deutlicher sah er, dass sie es waren, die jetzt zitterten. Das Zittern hatte nur die Hände gewechselt, begriff Freudenberg, es war nicht verschwunden, es war immer noch da, in diesem Garten, an diesem Tisch. »Die Ungewissheit ist das Schlimmste«, sagte Frau Strzep und zog heftig an ihrer Zigarette. »Vielleicht ist es Mareks Asche, aber vielleicht ist es auch nicht Mareks Asche.« Freudenberg spürte, wie er errötete. Er wusste, dass er nichts dagegen tun konnte. Marek sei verwirrt gewesen, schrecklich verwirrt, fuhr Frau Strzep fort durch den ausgestoßenen Rauch zu sprechen und Freudenbergs Gesicht brannte immer stärker. Es war die Art Röte, die sich langsam steigerte und dann lange blieb. Frau Strzep holte angestrengt Luft, doch es schien so, als ob sie nicht tief genug einatmen könnte, als ob alle Luft der Welt nicht mehr ausreichen würde, um ihre Lunge zu füllen und Sätze zu bilden wie: »Ich fühle ja, dass Marek tot ist, aber ich kann nicht aufhören, daran zu denken, dass er noch immer in diesem Wald ist und nicht hier.« Sie zitterte am ganzen Körper. Herr Strzep griff nach ihrer Hand, sie zog sie weg und schnappte wieder nach Luft: »Die Polizei sagt, sie hat überall gesucht, aber dieser Wald ist viel zu groß und es gibt so viele Tiere ... Ich kann nicht mehr leben mit dieser Ungewissheit, ich halte das nicht mehr aus!« Ihre Hände zuckten auf der Tischdecke wie erstickende Flachfische. Sie wandte ihr Gesicht der Mutter zu: »Meine letzte

Hoffnung war, dass Ihr Sohn meinen Jungen noch irgendwo gesehen hat ... nur deshalb haben wir Sie angerufen ... nur deshalb. Bitte entschuldigen Sie...« In ihre Augen war etwas Flehendes getreten. Freudenberg hörte, wie seine Mutter hastig zu atmen begann, dann sah er, wie ihre Hand über die Tischdecke glitt, an Tellern und Kuchen vorbei. Auf der anderen Seite des Tisches angelangt, legte sie sich lautlos und sanft auf Frau Strzeps Hand, die die Berührung zuließ und sofort aufhörte zu zucken. Stille war eingetreten. Gerd schaute auf die Zigarette, die im Aschenbecher herunterbrannte. Niemand bewegte sich. Auch Katjas Gesicht schien zum ersten Mal stillzustehen.

Frau Strzep zog langsam ihre Hand unter der fremden Hand hervor und lächelte, was ihr misslang. Dann schob sie die Zigarettenschachtel über den Tisch. Die blaue Schachtel blieb neben Freudenbergs Hand liegen. Er könne sie ruhig behalten, wenn er möchte, es sei Mareks Lieblingssorte gewesen. Freudenberg sagte »dziękuję«. Frau Strzep versuchte erneut zu lächeln, aber jeder Versuch schien von einer Herde grausamer Gedanken überrannt und niedergetrampelt zu werden. Sie blickte sich unruhig um, als wüsste sie nicht mehr genau, wo ihre Menschen saßen. Schließlich strich sie Katja über das Haar und rückte den Stuhl zurück: »Wir müssen jetzt gehen.« Auch die anderen standen auf. Nur Freudenberg blieb sitzen inmitten kratzender Geräusche. Frau Strzep ging um den Tisch herum und gab zuerst der Mutter die Hand. Wieder hörte er ihre dünne, luftarme Stimme: »Marek hat Ihnen Schmerz zugefügt, das wissen wir, Sie dachten, es wäre Ihr Sohn, bitte entschuldigen Sie.« Die Mutter begann zu nicken. »Aber Marek war ein lieber Junge, ein guter Mensch, das müssen Sie mir glauben, bitte verzeihen Sie ihm, dass er die Sachen Ihres Sohnes weggenommen hat, bitte verzeihen Sie ihm!«

Freudenberg sah seine Mutter, die immer noch nickte, heftig und ruckhaft. Wie ein Roboter, dem immer mehr Knöpfe abbrachen. Tränen liefen ihr über die Wangen. Frau Strzep nahm sie schüchtern in den Arm. In diesem Moment kam es Freudenberg so vor, als hätte ihn etwas Großes, Schweres mit voller Wucht in den Bauch getreten. Er wollte aufstehen und sich neben die beiden Frauen stellen, sie zärtlich berühren, aber es ging nicht. Er konnte seine Wirbelsäule nicht mehr durchstrecken. Unter dem Tisch standen Mareks weiße Turnschuhe, viel zu groß für ihn selbst und trotzdem mit seinen mickrigen Füßen vollkommen verschmolzen. »Das hab ich nicht gewollt«, stammelte Freudenberg plötzlich und erschrak noch im selben Moment. Klar und deutlich hatte er seine eigene Stimme gehört. Frau Strzep drückte die Mutter langsam von sich weg und setzte sich auf den Stuhl neben ihm. Der Schmerz in den Eingeweiden wurde stärker. Freudenberg starrte nach unten auf seinen Teller, der noch immer unberührt war. Am unteren Bildrand sah er, wie sich Frau Strzeps Hände auf seine Hände zubewegten. Sie packte ihn an beiden Handgelenken zugleich, der Griff war leicht und kühl. »Es tut mir leid.« Freudenberg hob den Kopf und blickte in das Gesicht von Frau Strzep, dann in die Gesichter von Gerd und der Mutter. Gerds Gesicht offenbarte völligen Kontrollverlust und sah aus wie das eines verängstigten Kindes. Das Gesicht der Mutter war ein stummer Schrei. »Was meinst du damit?«, hörte er Frau Strzep dicht an seinem Ohr keuchen, »Was meinst du damit?« Freudenberg schaute ihr in die Augen und sah ein nervöses Flattern. Dann hörte er sich selbst stottern: »Ich hab ... ich hab das nicht gewollt.« »Was hast du nicht gewollt?« Der Griff an den Handgelenken wurde fester. »Es tut mir leid ... es tut mir so leid, dass Marek das getan hat ... ich hab ... ich hab das nicht gewollt.«

Freudenberg sah auf einmal verschwommen und fühlte etwas Feuchtes auf seinen Wangen. Was war das? Wie konnte das sein? Trotz der Verschwommenheit sah er Frau Strzeps Hand näherkommen. Sie legte sich auf seine Wange und blieb dort wie selbstverständlich liegen. »Nein, das hast du nicht gewollt«, hörte er ihre Stimme jetzt sanft und beruhigend sprechen, »niemand von uns hat das gewollt, nur Marek allein.« Freudenberg fühlte, dass er immer noch weinte. »Marek wollte immer jemand anderes sein, weißt du. Obwohl er ein so toller Junge war, wollte er immer ein anderer sein. Es ist ihm nicht gelungen. Nie.«

Frau Strzep hatte ihre Hand von seiner Wange weggezogen und küsste ihn zart auf die Stirn. Dann stand sie auf. Der Plastikstuhl machte diesmal kein kratzendes Geräusch auf den Steinen. Freudenberg wischte sich die Tränen weg und blieb sitzen. Als das Auto der Strzeps wegfuhr, griff er nach der blauen Schachtel.

20

Freudenberg stellte die Maschine an und drückte die Bohrspindel nach unten, bis es kreischte. Dann warf er das Metallstück in die dafür vorgesehene Kiste. Zum Glück konnten elektrische Ströme jederzeit beeinflusst werden, Bilder konnten ausgetauscht, Bewusstseinsinhalte montiert werden. Als ob die Lichtung in Reviere aufgeteilt wäre, dachte Freudenberg und legte die dunkel glänzenden Beeren in den Korb. Die alten Frauen krochen wie auf vorbestimmten Bahnen um die Büsche und näherten sich untereinander kaum an. Freudenberg glaubte neben den Vogelstimmen und dem Knacken der Äste jetzt auch das leise Stöhnen der Alten zu hören. Vor allem wenn sie sich aufrichteten und ihre Wirbelsäulen durchstreckten. Vielleicht kam alles Knacken im Wald ja von diesen Wirbelsäulen, nicht von Ästen und Zweigen. Maja gab ihm von hinten einen Stoß und lachte, als er seine Hand vor Schreck zurückzog. Scheinbar hatte sie Spaß daran, ihn zu verwirren. Sie entfernte sich wieder und er blickte ihr nach, dann sammelte er weiter. Es kam ihm so vor, als pflückten sie schon eine halbe Ewigkeit, nur um diesen einen Korb mit winzigen Kugeln zu füllen, aber er wurde nicht voll, nicht einmal halbvoll. Als ob die Kiste ein Loch hätte. Ein Schrillen war zu hören. Freudenberg zuckte zusammen. Neben ihm stand Maja, viel näher als sonst um diese Zeit, doch vollkommen reglos. Ihr rechter Fuß war angehoben und stand in der Luft, man hatte den Eindruck, sie wäre mitten im Gehen ausgeschaltet worden. Sie blickte ihn an wie eine Puppe ohne Lidschlag. Freudenberg stellte die Maschine ab. Das Schrillen wurde lauter, wurde ohrenbetäubend. Es gab Alarm. Über Lautsprecher wurden alle Arbeiter aufgefordert, ihre Arbeitsplätze zu verlassen. Als Freudenberg sich umschaute, sah er den Meister, der im Gespräch mit einem Vorarbeiter war und nach oben zeigte. Ein Bündel Stahlstangen, das durch die Werkhalle gehoben wurde, war ins Schwanken geraten, einige Stangen waren bereits verrutscht. Freudenberg blieb stehen und beobachtete das glänzende Bündel. Das Schwanken schien sich nicht abzuschwächen. Er löste sich von seiner Maschine und ging weiter in die Werkhalle hinein. Arbeiter rannten an ihm vorbei, ein beständiger Luftzug war zu spüren. Dann stellte er sich unter die Stangen und schaute nach oben, direkt ins Geäst. Er kam sich vor wie ein Säugling, der spazieren gefahren wurde. Er konnte auch Maja sehen, genau vor sich, auf dem Moped. Sie bewegte sich wieder. Sie drehte sich zu ihm um und lächelte. Jetzt bog sie nach links ab und fuhr auf eine Landzunge, die sich weit in einen See hineinstreckte. Die Stämme wurden immer dünner, wurden Stämmchen, bis sie an der Spitze der Landzunge sogar aufhörten Stämmchen zu sein. Als ob man in ein Birkengespinst blicken würde, dachte Freudenberg, nur noch feinste, weiße Fäden waren zu sehen. Er starrte auf seine Hände und dann wieder nach oben auf das schwankende Bündel von Stangen. Überall in der Halle leuchteten Alarmlampen auf. Majas Schattenriss war deutlich zu erkennen unter der gelb aufleuchtenden Plane. Sie saß still im Zelt, wie in Bernstein gefangen. Freudenberg ging auf eine der Alarmlampen zu: Er wollte auch in Bernstein gefangen sein. Maja wartete schon auf ihn. Ihr Gesicht stand vor ihm wie eine weiche Wand und er sprach wie selbstverständlich in diese Wand hinein, die sich punktweise öffnete und schloss. Das Geräusch der Alarmanlage wurde immer schriller, unmenschlicher. Sie mussten weg von hier, dachte Freudenberg, so schnell wie möglich. Das Moped kämpfte mit Zündaussetzern, bis es seine Endgeschwindigkeit erreicht hatte zwischen den Feldern. Sie fuhren entlang von Bahngleisen, überquerten sie mehrmals, fuhren hin und her, als ob sich die zerrissene Straße nicht für eine Seite entscheiden könnte. Der Motor ging aus, als sie gerade erneut die Gleise überquerten. Ein Zug kam angerast. Freudenberg wurde unruhig, blieb aber sitzen, während Maja absprang und ihm von der anderen Seite der Gleise aus zuwinkte. Er wartete und blickte auf das glänzende Bündel von Stahlstangen, das sich seinem Gesicht näherte. Viel langsamer näherte als gedacht. Auch sein Eintreffen ist ganz anders als erwartet, ist geräuschlos und weich. Doch das Überraschendste ist: Nicht nur das Denken, auch das Sehen endet nicht einfach. Freudenberg sieht sich noch immer. Seltsam verzerrt von der Steilheit des Hangs liegt sein Schattenkopf da, elliptisch im Sand. Der ganze Schattenkörper wie ein gekrümmtes Wesen, ein Embryo in der Wölbung des Hangs. Freudenberg will seine Arme ausstrecken, aber es geht nicht, oder noch nicht. Er befindet sich in einem Bauch, vielmehr in einem Würfel. Die Dunkelheit des Würfels hat sich nahezu vollständig über ihn gestülpt, nur an den Füßen ist noch ein Spalt Licht übrig geblieben. Schatten fliegen an den Zehen vorbei: metallische Schatten. Der Vorgang der Überwölbung ist noch nicht abgeschlossen, aber kein Mensch passt mehr unter dem Rand hindurch. Nur um ihn nicht zu beunruhigen, denkt Freudenberg, wird die Bewegung zum Ende nicht beschleunigt,

wird der Rand des metallischen Würfels nicht einfach fallen gelassen. Alles verläuft lautlos und präzise. Freudenberg berührt
seine Stirn oder glaubt, seine Stirn zu berühren. Er fühlt eine
kalte Stelle und kann ihr folgen wie einem Band. Die Schläfen beginnen zu pochen. Das Pochen verwandelt sich in ein
Schlagen, ein immer festeres Schlagen von außen an die Schädelwand und dann in den Schädel hinein. Alles beschleunigt
sich, um plötzlich stillzustehen. Licht bricht durch. Freudenberg blickt durch eine Öffnung seines Schädels und sieht einen
Strand. Es ist, als schaute man ein Gemälde an. Umrahmt von
Sand, Wurzelwerk und pulsierenden Schottermassen: ein ge-
streckter Arm, eine Hand, die ins Leere greift.

Freudenberg verlässt den Würfel und betritt den Strand.
Marek liegt auf dem Rücken im Sand, seine Augen sind geschlossen. Sein Gesicht hat keinerlei Ähnlichkeit mit Freudenbergs Gesicht, es wirkt wie gepolstert. Marek blutet aus dem
Mund, der Brustkorb bewegt sich viel zu schnell, als würde
er fliehen wollen. Freudenberg kniet sich hin und betrachtet
Marek. Jetzt spricht er ihn an. Er reagiert nicht. Freudenberg
rüttelt ihn sanft an den Schultern und Marek öffnet die Augen,
seinen Mund, nur einen Spalt. Er versucht zu sprechen: Es ge-
lingt ihm nicht. Er blickt Freudenberg an, verhält sich erst still,
wird dann unruhig. Er schnappt wie ein an Land geworfener
Fisch nach Luft, versucht erneut zu sprechen. Unartikulierte
Laute sind zu hören. Auf einmal beginnt Marek zu krampfen,
sein ganzer Körper wälzt sich unkontrolliert im Sand. Die Bewegungen werden immer ungestümer, er greift nach Freudenbergs Armen und krallt sich wimmernd daran fest. Freudenberg
will sich losreißen, aber es geht nicht. Marek zieht sich näher
an ihn heran, sein Gesicht berührt Freudenbergs Hände und

Unterarme, er zuckt mit weit aufgerissenen Augen und lässt nicht mehr los. Erst nach einigen Minuten werden die Bewegungen langsamer, verebben schließlich. Mareks Körper hat angehalten. Seine Augen haben angehalten. Freudenberg kommt frei und rennt ein Stück weg. Er lässt sich in den Sand fallen und betrachtet seine blutigen Hände und Arme. Auch an seinem T-Shirt klebt Blut. Er läuft zur Brandung, geht mit Hosen und Schuhen hinein, sticht die Arme bis zur Schulter ins Wasser. Als er sie wieder herauszieht, schlängeln sich dünne rote Linien nach unten. Er wäscht sich mit aller Kraft, schrubbt seinen dünnen Oberkörper, sein T-Shirt und sein knochiges Gesicht. Das saubere T-Shirt legt er zum Trocknen auf einen Stein. Erst jetzt geht er zu Marek zurück. Er setzt sich neben ihn und bedeckt sein eigenes Gesicht mit den Händen. Durch eine schmale Lücke zwischen den Fingern kann er noch immer die Leiche sehen, sie verschwindet nicht. Mareks T-Shirt ist ein Stück nach oben gerutscht, man sieht einen größeren Leberfleck, seitlich in Hüfthöhe. Freudenberg nimmt die Hände vom Gesicht und betrachtet seinen eigenen Leberfleck, der nahezu an der gleichen Stelle ist. Er zögert kurz, dann zieht er das T-Shirt weiter nach oben und betrachtet Mareks Oberkörper, der unverletzt ist. Die Ähnlichkeit ist verblüffend, als ob sie Brüder wären, Zwillinge. Freudenberg greift in Mareks Jacke, holt sein Portmonee heraus und kramt darin herum. Danach steckt er alles wieder zurück und legt das Portmonee vorsichtig neben sich in den Sand. Er bewegt sich nicht und blickt nur noch auf seine Hände, eine Minute, eine Stunde. Dann steht er auf und beginnt, Marek auszuziehen. Er zittert, jeder Handgriff ist verwackelt. Neben dem nackten Körper liegt ein großer, rundlicher Stein, ein Gesteinsbrocken. Freudenberg hebt die Leiche etwas an und dreht sie so, dass sie mit dem Gesicht genau auf dem Stein liegt. Er sieht Sandkörner auf Mareks Rücken und in seinen Haaren und versucht sie wegzuwischen, wegzupusten. Nach einer Weile nimmt er Mareks Portmonee in die Hand, steckt es in seine Hosentasche und tritt näher an den Stein heran. Mehrmals greift er nach Mareks Haaren und lässt sie wieder los. Schließlich packt er Mareks Schopf und schlägt den Kopf leicht auf den Stein, man hört kaum ein Geräusch. Mareks Gesicht sieht unverändert aus. Freudenberg wiederholt die Bewegung, aber der Schlag ist erneut viel zu schwach. Plötzlich hört er Hundegebell, noch leise zwar, doch immer näher kommend. Er schlägt Mareks Gesicht nun kräftiger auf den Stein. Das Hundegebell wird lauter und Freudenberg nimmt all seine Kraft zusammen und schlägt den Kopf mehrmals mit voller Wucht nach unten. Immer wieder. Man hört wie der Schädel bricht. Das ganze Gesicht bricht zusammen: Mareks Gesicht. Freudenberg greift sich Mareks Kleiderhaufen – seine Unterhose, sein T-Shirt, seine Jeans, seine Windjacke – und sein eigenes noch immer feuchtes T-Shirt und rennt die Steilküste hoch. Oben an der Hangkante stehen Mareks Schuhe.

◆

Freudenberg schlägt die Augen auf. An der Decke über ihm hängt eine Spinne in ihrem Netz. Er dreht seinen Kopf zum Fenster. Ein Baum mit weißen Ästen steht da. Es schneit. Schneeflocken fliegen mit großer Geschwindigkeit vorbei. Freudenberg fällt es schwer, die Augen offen zu halten, aber er will es, will es unbedingt. Ein Geräusch ist zu hören, ein hoher Ton, ein Piepen. Es kommt aus einer Maschine. Freudenberg begreift erst jetzt, dass er in einem Bett liegt. Er sieht ein Kabel, das die Maschine verlässt, sich seinem Gesicht nähert und dann verschwindet. Er hebt seine rechte Hand und greift an seinen Kopf, tastet auf ihm herum. Er kann seine Hand nicht auf seinem Kopf spüren, aber seine Hand fühlt das Kabel. Es fühlt sich kantig und rund zugleich an und endet im Schädel. Jetzt sinkt die Hand wie von allein wieder auf die schneeweiße Decke herunter. Der Piepton hat aufgehört. In der dunkelsten Ecke des Zimmers stehen Blumen auf einem hellbraunen Tisch. Außer diesen Blumen, es sind Rosen, gibt es zum Glück nichts Rotes in diesem Raum. Nur matte Farbtöne, gelb und weiß. Malven, flüstert Freudenberg und schließt wieder die Augen. Er muss lächeln. Er hat viel gesehen, sogar Malven. Er fühlt es an seinem Mund, dass er lächelt. Doch etwas stimmt nicht. Als würde ihm jemand die Mundwinkel hochziehen, jemand anderes. Er will aufhören zu lächeln; es geht nicht. Jetzt doch. Wer war das? Jemand hat gerade mit ihm gesprochen. Freudenberg versucht die Augen erneut zu öffnen, ohne Erfolg: Der Schnee bleibt verschwunden, das ganze Zimmer. Wer spricht da? Wer ist da? Freudenberg nimmt Anlauf, rennt los und stößt mit aller Willenskraft gegen die schweren Deckel seiner Augen. Für eine Sekunde sieht er die Umrisse einer Malve im Gesicht seiner Mutter. Sie lächelt ihn an. Dann stürzen die Augen wieder zu. Aber dieses Lächeln wird ihn nicht mehr verlassen, wird alle Schatten verjagen. Das kann er spüren. Trotz völliger Dunkelheit fühlt sich Freudenberg frei. Zum ersten Mal frei.

Kerstin Becker
Das gesamte hungrige
Dunkel ringsum
ISBN 978-3-942375-55-9
72 S., Klappenbroschur,
18,00 EUR

Dominik Dombrowski
Schwanen. Gedichte
ISBN 978-3-942375-57-3
80 S., Broschur, 18,00 EUR

Nancy Hünger
4 Uhr kommt der Hund.
Ein unglückliches Sprechen
Mit Zeichnungen von
Tommy Reinhardt und
einem Nachsatz von
Zsuzsanna Gahse
ISBN 978-3-942375-43-6
104 S., Klappenbroschur,
20,00 EUR

Petr Hruška
Irgendwohin nach Haus.
Gedichte
Übersetzt aus dem
Tschechischen von
Martina Lisa

mit Kerstin Becker
ISBN 978-3-942375-38-2
152 S., Broschur, 20,00 EUR

Ulrich Koch
Ich im Bus im Bauch des Wals
ISBN 978-3-942375-20-7
112 S., Hardcover, 20,00 EUR

Andreas Kramer /
Jan Volker Röhnert (Hg.)
Die endlose Ausdehnung von
Zelluloid. 100 Jahre Film und
Kino im Gedicht
Mit einem Nachwort der
Herausgeber und einem
Kommentarteil
ISBN 978-3-9812804-2-5
232 S., Hardcover
24,00 EUR

Birgit Kreipe /
Ron Winkler (Hg.)
Rote Spindel, schwarze Kreide.
Märchen im Gedicht
978-3-942375-51-1
152 S., Klappenbroschur,
20 EUR

Thomas Kunst
Kunst. Gedichte 1984–2014
ISBN 978-3-942375-21-4
144 S., Hardcover,
20,00 EUR

Ingrid Mylo
Überall, wo wir Schatten
warfen. Gedichte
ISBN 978-3-942375-46-7
80 S., Klappenbroschur,
18,00 EUR

Tobias Premper /
Martin Lechner
Gelati! Gelati!
99 Miniaturen
Mit einem Nachwort
von Georg Klein
ISBN 978-3-942375-52-8
136 S., Klappenbroschur,
20 EUR

John Sauter
Zone. Gedichte
ISBN 978-3-942375-49-8
120 S., Klappenbroschur,
20 EUR

Max Sessner
Das Wasser von gestern.
Gedichte
ISBN 978-3-942375-39-9
72 S., Hardcover,
19,00 EUR

Simone Scharbert
Rosa in Grau.
Eine Heimsuchung
ISBN 978-3-942375-56-6
182 S., Klappenbroschur,
22,00 EUR

Volker Sielaff
Barfuß vor Penelope.
Gedichte
ISBN 978-3-942375-45-0
112 S., Klappenbroschur,
20,00 EUR

Klaus Johannes Thies
Tango ohne Argentinien.
111 Shorts
ISBN 978-3-942375-47-4
132 S., Klappenbroschur,
20,00 EUR

Vielen Dank

Nine, Philipp, Mama, Frauke & Vince, Helge, Leif!

Die Entstehung dieses Buches wurde durch ein Stipendium
des Künstlerhauses Lukas unterstützt.

Neuausgabe
© edition AZUR im Verlag Voland & Quist GmbH
Berlin und Dresden 2022
Lektorat: Helge Pfannenschmidt
Umschlaggestaltung/Satz: Kraft plus Wiechmann, kplusw.de
Druck und Bindung: BALTO Print, Vilnius
ISBN: 978-3-942375-65-8
www.edition-azur.de